KB096631

재미없는 글을 위한

심폐소생술

죽은 빵도 살리는 토스터라니

결혼하면서 토스터를 선물로 받았다.

그때까지만 해도 내가 알던 토스터는 주방의 미관을 해치는 못생긴 가전제품이었다. 색깔도 거무튀튀한 회색에 테두리는 틀림없이 검은색으로 둘러진 모습이 마치 작은 은색 쓰레기통(!) 같았다.

집에 토스터가 있지는 않았지만, 그래도 그 이미지는 아주 친숙했다. 왜냐하면 돈 없는 학생 시절에는 여행을 갔다 하면 거의 게스트하우스를 전전했고, 게스트하우스의 조식 코너에서는 보통 토스터를 비치해두고 있었기 때문이다.

하지만 이미지가 친숙한 것과는 별개로, 막상 토스터를 쓰려고 하면 조금 망설여졌다. 일단은 식빵을 세로로 한 번 넣으면 이게 지금 타고 있는 중인지, 아니면 좀 더 구워져야 하는 상태인지 알수가 없었다. 다만 앞사람들이 적당히 불이나 시간을 조절해가는 과정에서 적정 수준으로 세팅이 되었겠거니 하는 희망으로 내 몫의 식빵을 투입할 수밖에 없었다.

게다가 위생도 마음에 걸렸다. 수많은 투숙객들이 매일 아침 수십, 수백 장의 식빵을 투입하는데, 과연 토스터는 매일 세척이 되고 있는지가 상당히 의심스러웠다. 물론 누가 악의적으로 식빵에 침이라도 발라서 집어넣는 게 아닌 이상 딱히 더럽다 할 것도 없긴 하지만……. 그래도 좀 미심쩍었던 나머지, 하루는 식빵을 넣기 전에 토스터 안쪽을 들여다봤다. 빛이 잘 들어가지 않아 어두침침한 밑바닥. 거기에는 언제 적부터 쌓였는지 알 수 없을 정도로 많은 빵가루가 떨어져 있었다.

먼지인지 빵가루인지 분간도 안 되는 밑바닥 가루 더미를 본 데다가 강약 조절에 실패해서 심심찮게 테두리를 태워 먹으면서도, 식빵의 바삭바삭한 식감만큼은 포기할 수가 없었다. 좀 더러우면 어떠하고, 살짝 태워 먹으면 어떠하리? 여행에서 그 정도의 변수는 "재미있는 추억이네!"라며 충분히 눈감아줄 수 있었다.

반면에 결혼 선물로 받은 토스터는 내가 익히 알고 있던 투박한 세로형 토스터와는 모양새부터가 달랐다. 가로로 긴 하얀 본체는 뽀얀 도자기를 연상케 하는 미니오븐의 모습이었다. 빵을 구울 때도 토스트부터 크루아상, 바게트처럼 여러 가지 모드를 선택할 수 있었다. 게다가 한 번 식빵을 투입하고 그저 제때 잘 튕겨내 주기를 하염없이 기다리는 게 아니라, 다이얼만 돌리면 시간을 분 단위로 지정할 수 있었고, 투명 유리창 안쪽으로 중간중간 빵의 상태를 볼 수도 있었다.

무엇보다도 가장 신박했던 것은 일명 '마법의 5cc'였다. 토스터 상단에 뚫린 구멍으로 5cc의 물을 넣어주기만 하면 토스터가 알아서 불도 조절하고 스팀도 불어넣어 가면서 빵을 겉바속촉으로 만들어주는 것이었다.

프랜차이즈 빵집에서 다 눅눅해진 크루아상을 가져다가 시험을 해보기로 했다. '설마, 적당히 따끈해지는 수준이겠지'라며 반신반의하는 마음으로 '크루아상 모드'를 누르고 매뉴얼대로 3.5분을 돌려보았다.

놀랍게도, 눅눅했던 빵은 크루아상 전문점에서 파는, 겉은 바삭속은 쫄깃한 극강의 크루아상으로 변신했다. 아, 이것이 말로만 듣던 바로 그 '죽은 빵도 살려내는' 마성의 토스터……? 이 문명의 이기와 함께라면 앞으로는 소소한 베이킹까지도 충분히 가능할 일이었다.

물론 내가 홈베이킹을 하는 일은 일어나지 않았지만…….

베이킹이라니. 여전히 내 요리 실력은 겨우 밀키트의 내용물을 냄비에 다 털어 넣어서 끓이는 정도에 머물러 있다. 그 쉬운 계란 프라이조차 노른자를 터뜨리지 않고는 굽질 못해서, 계란을 먹고 싶을 때면 늘 애초부터 뒤섞어서 스크램블드에그로 만들어 버린다.

그러던 중에 시댁에서 서울로 올라오셔서 하루 묵으실 날이 있었다. 보통의 며느리라면 매 끼니 식사를 챙겨 드려야 한다는 압박감에 스트레스를 받을 상황이었지만, 나와 시댁 식구들 모두 내 요리 실력을 익히 잘 알고 있었기 때문에 오히려 마음이 편했다. 그저 인터넷에서 동네 맛집들을 열심히 검색해 두는 게, 이 안타까운 며느리의 식사 준비였다.

그래, 그렇게 쭉 가만히 있었으면 좋았을 텐데.

남편도 시댁 식구들도 아직 잠들어 있던 새벽, 나는 여느 때처럼 아파트 계단 오르기를 운동 삼아 한답시고 조용히 옷가지를 챙겨 입고 살금살금 안방을 빠져나왔다. 물통에 쪼르륵 물을 받고 있는데 문득 밥솥이 눈에 띄었다. 그래서 이런 생각을 하고 말았다.

'취사라도 눌러놓고 다녀올까?'

완벽한 아이디어였다. 지금 쌀을 씻어서 취사를 시작하면, 45분 후에는 밥이 다 지어질 것이다. 계단을 타는 건 보통 30분밖에 걸리지 않았다. 그러면 나는 아침 일찍 일어나서 밥도 준비하고 운동도 다녀온 부지런쟁이가 되는 거야.

그래, 내가 똥손이라 반찬은 못해도 밥은 지을 수 있지! 왠지 물이 좀 적어 보이긴 했지만, 남편은 평소에 진밥보다 고두밥을 좋아했으니까 아무래도 괜찮았다. (벌써 불길함이 느껴지지 않는가?)

아파트 계단을 세 바퀴 돌고서 집에 돌아오니, 예상대로 고소한 밥 짓는 냄새가 솔솔 풍겨왔다. 예상하지 못했던 것은 생각보다도 일찍 시댁 식구들이 기침하셨다는 점이었다. 남편을 비롯해서 이미 몇몇 분들이 식탁을 차리고 계셨다. 어라, 이게 아닌데…….

당황한 내게 남편이 다가와서, 더 당황스러운 말을 전해주었다.

"밥은 아직 30분 정도 더 있어야 돼."

30분이라니? 이상했다. 분명 내 계산으로는 10분 정도면 끝나야 하는데.

"뚜껑 열어봤더니 설익었더라구. 엄마가 물 더 붓고 취사 다시 누르셨어."

그렇게 나는 반찬은커녕 밥 짓는 물도 못 맞추는 사람이 되어 버렸다…….

그래도 다행히 2차 가공을 마친 밥은 아주 감쪽같이 잘 지어졌다. 윤기는 잘잘 흐르고 그렇다고 해서 너무 되지도 않았다. 마치 한 번도 설익은 적이 없었던 것처럼.

덕분에 인생의 꿀팁을 하나 배워갔다. 밥이 설익었다면? 뜨거운 물을 붓고 취사 버튼을 다시 누르자. 그러면 살려낼 수 있다.

죽은 빵을 살려내는 토스터와, 죽은(……) 밥을 살려내는 요령. 그런 것들은 어쩌다 탄생한 걸까? 하늘에서 뚝 떨어졌을 리는 만무하고, 아무래도 여러 차례의 시행착오를 거쳐서 기계 혹은 노하우의 형태로 답을 찾게 된 게 아닐까. 하도 빵이 눅눅해서 토스터에 돌려 봤지만 그래도 영 시원찮았던 탓에, 백번 천번을 태워 먹어가며 연구를 한 결과 궁극의 토스터가 탄생한 게 분명하다. 밥도 계속 지어보다 보면 대충 '아, 이럴 때는 물을 더 넣어야겠구나', '이번에는 물양이 좀 부족했네' 하면서 감이 잡힐 것이고.

가만 보면, 뭔가 좋은 것을 만들어보려다가 의도치 않게 망치는 일은 비단 요리뿐만 아니라 인생 전체를 걸쳐서 허다하게 발생하는 것 같다. 노른자가 터지지 않게 조심조심 프라이를 굽다가 마지막에 프라이팬에서 건져낼 때가 되어서야 터뜨려버리는 경우처럼, 재미있는 글을 쓰려다가 결국 어디서부터 손을 봐야 할지 모를 정도로 총체적 난국인 글을 만드는 경우도 종종 발생한다.

하지만 설익은 밥을 일부러 만들려고 만든 게 아닌 것처럼, 노잼 글도 일부러 재미없게 쓰려고 작정하고 쓰지는 않는다. 다들 처음에는 멋진 글을 쓰고 싶어서 시작한다. 혜성처럼 어떤 영감이 머리를 스쳐서 펜을 잡기도 하고, 꼭 기록으로 남기고 싶은 사건이나 생각에 문득 사로잡혀서 글을 써 내려가기도 한다. 하지만 모두가 요리에 천부적인 재능을 타고나지 못한 것처럼, 글쓰기에서도 엄청난 천재는 드물다 보니 노잼 글은 심심찮게 나온다.

나도 그런 재미없는 글을 쓰는 때가 종종 있는데, 그럴 때면 뭔가 좀 허탈하고 시무룩해지곤 한다. 처음 생각했던 '와, 굉장한데!' 싶었던 소재는 시들어버린 화초처럼 애석하게만 느껴진다. 심지어는 '내가 아니라 다른 사람이 데려다가 물 주고 키웠더라면 싱싱하고 멋진 화초로 거듭났을까?' 싶은 우울한 생각마저 든다. 게다가 시간은 또 시간대로 탈탈 털어 넣었는데 막상 아무것도 건진 게 없다. 차라리 그 시간에 나들이라도 다녀올 걸 그랬나⋯⋯.

이런 일이 비일비재하게 벌어지지만, 아이러니하게도 여전히 글 쓰는 일을 놓고 싶지는 않다. 물론 잘 쓰고 싶은 마음이 큰 만큼, 글이 잘 써지지 않는 날이면 어김없이 다소 의기소침해진다. 하지만 그렇다고 해서 반드시 청산유수로 술술 써 내려진 글만이 가치 있다고 생각하지는 않고, 또 그런 식으로 거침없이 글을 짓는 천재들만이 펜을 들 자격이 있는 것도 아니라고 본다.

글을 쓴다는 행위에는 그만큼 매력이 있다. 생각건대 여기에는, 어느 정도 심리 치료적인 특성도 있다고 믿고 있다. 요즘은 정말로 세상이 좋아져서, 글 대신에 각종 영화, 웹툰, 드라마 등 장르를 불문하고 온갖 즐길 거리가 넘쳐난다. 하지만 그런 화려함의 이면에는 항시 누적되고 있는 피로가 있다. 그래서 이따금 화면들을 잠시 꺼두고 글을 쓰고 있자면 마음이 차분해지는 것을 느낄 수 있다. 평소에 가지고 있던 상념들과 내 주위를 떠돌고 있던 감정의 조각들이 차곡차곡 정리되며 활자 위로 내려앉는다.

그렇게 해서 쓴 글들을 종종 다시 꺼내서 읽어보면, 솔직히 꽤 마음에 드는 경우도 심심찮게 있다. 대대손손 칭송받을 대작 같은 건 아닐지라도 말이다. 그리고 내가 지은 글이 재밌고 개성 있다고 느껴지는 순간만큼은 스스로가 이 세상에 어떤 작고 반짝이는 무언가를 만들어 낸 것만 같은, 그래서 지극히 보람찬 인생을 살고 있다는 기분마저 든다.

따라서 고작 한두 번씩 실패작을 만든다고 해서 아예 글쓰기를 포기해버린다든가, 혹은 기껏 쓴 글이 꼴 보기도 싫은 나머지 구겨

던져버리고 싶은 마음이 든다든가 하지는 않는다.

실제로는 그와 정반대다. '어떻게든 이 노잼 글을 살려내고 싶다', '다시 한번 좋은 글을 썼다는 보람을 느끼고 싶다', 그런 생각을 하며 이미 망쳐버린 글을 다시 집어 들기 때문이다.

무엇이든지 여러 번 하다 보면 숙달된다고 했던가? 안타깝게도 내 경우에는 재미없는 글을 하도 여러 번 쓰다 보니 이제는 좀 익숙해졌다. 혼자서 쓰고 있다가도 '음, 역시 산으로 가고 있군……' 싶은 촉이 아주 예리해진 셈이다.

그 결과 갖가지 방법으로 살려보겠다고 애도 많이 썼다. 말하자면, 재미없는 글을 살려내기 위한 심폐소생술이랄까.

하지만 대체로 임기응변이라거나 혹은 동물적인 감각(!)에 의존하는 경우가 많았다. 그리고 많은 땜빵식 대처들이 그러하듯이, 컨디션이 좋지 않거나 할 때는 도저히 과거에 내가 어떻게 그 절망의 구렁텅이에서 글을 끄집어 올리곤 했는지 기억해 내기가 힘들었다.

그래서 역시 어딘가에 기록을 해두어야겠다고 마음먹었다. 그리고 이왕 기록으로 남기자면 예시라든가 관련된 이런저런 이유도 같이 담는 편이 좋겠다고 생각했다.

기억을 되짚어가며 하나둘 끄적끄적 적고 있자니 양은 점점 불어났다. 결국에는 '이 정도라면 책으로 묶어도……?' 하는 쪽으로 생각이 기울었다. 중고차 한 대 사려다가 돈 좀 보태서 외제차 살까 기웃거리고, 차를 살 바에야 아예 집을 한 채 사는 게 투자 측면에서 좋지 않나…… 하면서 중고차에서 집 한 채로 이어지는 격이었다.

그렇게 덜컥 책이 나와 버렸다.

사실 이날 이때껏 나의 첫 책은 아마 소설책이 되지 않을까 하고 어렴풋이 생각해왔는데, 작문에 대한 책이라니. 덕분에 지인들이 "우와, 책을 낸다고? 어떤 장르야?"라고 물을 때 답변을 우물쭈물 할 수밖에 없었다. 소설, 은 아니고……. 그렇다면 에세이? 하지만 평범하고 소소한 일상 이야기를 담아냈다고 하기는 힘들고, 그보다는 약간 문학 쪽에 가까운데. 고민 끝에 "글쓰기에 대한 책이야"라는 아주 알쏭달쏭한 답을 돌려주는 수밖에 없었다.

다소 '어어, 이런 식으로?' 하다가 책을 준비하게 되기는 했지만, 사실은 인생이라는 게 원래 이런 것이 아닐까? 계획대로 이루기도 힘들지만, 계획하지 않았다가 뜻밖에 갑작스러운 전력 질주로 이뤄 버리게 되는 것도 있다니.

모쪼록 정성껏 준비해 출판된 책, 다른 사람들에게도 많은 도움이 되었으면 좋겠다. 노잼 글을 살려내야 하는 위기 상황이라면 누구든 황급히 찾아볼 수 있는 심폐소생술로.

차
례

소생술 1. 대화를 넣는다

제품 사용설명서가 아닌 이상, 모든 글에는 이야기가 들어가게 된다. 잘 살펴보면, 글이 밋밋해져 버릴 때는 보통 이 스토리가 영 맛이 가버린 경우가 많다. 거의 1인 독백 수준으로 줄줄이 읊기만 한다거나, 시간 순서대로 사건 전개만 나열되는 등이 그 예시가 된다.

이때 '대화'가 들어가면 열에 아홉은 스토리를 살릴 수 있다. 요리로 치면 굴 소스 같은 존재로, 무슨 글이든지 간에 최소한의 성공을 보장한다.

계란을 예로 들어 볼까? 계란이 닭이 되는 과정을 서술한다고 가정하자. 만약 대화가 빠져 있다면 이런 식이 되어 버린다.

계란은 주위가 온통 깜깜해서 몇 날 며칠을 기다렸어요. 아무것도 들리지 않아서 너무 무서웠지만, 참고 기다렸더니 부화할 수 있었어요.

……너무 싱겁게 모든 것이 끝나 버렸다. 이래서는 재미가 없다. 여기에 '대화'라는 비법 소스를 넣어 보자.

먼저 첫 번째 문장. "계란은 주위가 온통 깜깜해서 몇 날 며칠을 기다렸어요." 글쎄, 어쩌면 계란이 고군분투 끝에 부화한 이유는 그저 하염없이 기다리기만 했기 때문은 아니었을까?

만약 계란이 소리 내어 도움을 요청했더라면 조금은 전개가 달라졌을지도 모른다. 왜, 노래 가사에도 그런 말이 있지 않나. "아무것도 없었다 믿었던 내 주위엔 또 다른 초 하나가 놓여져 있었기에"라면서, 불을 하나 밝혔더니 수많은 초를 발견해 나갈 수 있었다는 이야기. 아 참, 요즘 친구들은 이 노래 모르겠구나. 이럴 때는 벌써 나이가 들어 버린 것 같은 기분이다…….

어쨌든, 계란의 목소리를 들어줄 존재가 있을지 확인하기 위해서 다음과 같이 첫 문장을 고쳐볼 수 있겠다.

계란은 주위가 온통 깜깜해서 소리쳤어요.

"너무 무서워요. 거기 누구 없나요?"

이제 계란의 질문에 가장 대답해 줄 법한 존재를 떠올려 보자. 아마 어미 닭이 계란을 품어주고 있지 않을까? 그럼 다음과 같은 대답을 넣어줄 수 있겠다.

그랬더니 글쎄, 대답하는 목소리가 있지 뭐예요?
"걱정하지 말렴, 아가. 엄마가 너를 품고 있단다."

어라? 대화를 넣었더니 이야기 자체가 좀 달라졌다. 원래는 계란이 혼자 두려움을 견뎌내며 부화까지 버텨야 했는데, 어미 닭이 나와 버렸으니 말이다.

그런데 곰곰이 생각해 보니 꼭 그렇게 쓸쓸한 이야기로 회귀할 필요는 없어 보인다. 게다가 나는 원래 해피엔딩을 좋아하는 사람인데, 굳이 내가 쓴 이야기의 계란을 쓸쓸하게 만들어야만 할까?

나는 이야기의 마지막을 조금 훈훈하게 만들어 보기로 했다.

그 순간, 계란은 자신이 느끼고 있던 온기를 깨달았어요. 계란은 더 이상 혼자 외롭고 무서워할 필요가 없었답니다. 어미 닭의 따스한 품속에서 참고 기다리며 부화할 수 있었거든요.

　이렇게 해서 계란은 더 이상 혼자가 아니게 되었다. 아니, 처음부터 계란은 혼자가 아니었다. 어미 닭이 늘 품어 주고 있었고, 그 사실을 이제 알게 되었을 뿐이다. 삭막했던 소설 한 토막에 대화를 끼워 넣었더니 따뜻한 동화로 분위기가 완전히 바뀌었다.

　'어떤 글에든 대화를 넣기만 하면 대박을 터트릴 수 있다', 그런 뜻은 물론 아니다. 굴 소스는 맛있지만, 흙을 가져다가 굴 소스를 때려 붓는다면 그건 그냥 굴 소스를 넣은 흙일 뿐 요리가 탄생하지는 않는다.

　그럼에도 나는 여전히 대화가 궁극의 비법 소스라고 생각한다. 우선 가장 단적인 이유를 들자면, 재미있는 글들을 보면 대체로 대화가 들어가 있기 때문이다. 주위에 널려 있는 책 중 아무거나 하나 집어서 한번 읽어 보자. 대화가 안 들어간 책을 찾기가 힘들다. 소설은 물론이거니와, 산문집이나 경영/경제 서적들도 마찬가지다. 장르를 불문하고 큰따옴표가 반드시 등장한다.

　예를 들어, 김영하 작가의 『오래 준비해온 대답』[1]에는 이탈리아

---

[1] 김영하, 『오래 준비해온 대답』 (복복서가, 2020). 이탈리아 이야기를 담은 여행기인데, 읽고 있노라면 햇살처럼 노오란 과즙을 가득 담은 오렌지를 한 입 베어무는 듯 기분이 좋아지는 책이다.

관광지에서 스쿠터를 렌트하는 장면이 나온다. 만약 조금 게으르게 쓴다면, "가게 주인에게서 스쿠터를 빌렸다."라는 한 문장으로 간단하게 묘사할 수 있었다. 반면에 작가는 가게 주인과 나눴던 익살스러운 대화를 넣으며 이야기를 풀어냈고, 이 짧은 한담을 삽입함으로써 여행지에서만 접할 수 있는 여유로움이 글에 나타나게 되었다.

또 다른 이탈리아 여행기로 『이탈리아 소도시 여행』[2]이라는 책이 있는데, 여기서도 작가가 현지인과 대화를 나누는 장면이 중간중간 등장한다. 예를 들면 '탐부리니'라는 볼로냐의 한 식당에서 살라미를 시식하려고 할 때, 직원이 마침 지나가던 식당 주인을 작가에게 소개해 주기도 하는 것이다.

어디를 가서 뭘 먹었고 하는 여행기는 너무 흔해져 버린 세상이다. 인터넷에서 블로그만 검색해 봐도, 이탈리아 볼로냐에서 밥을 먹었다는 사람은 많다. 하지만 볼로냐의 식당 주인과 이야기까지 나눈 사람은 드물다. 대화가 들어감으로써 그냥 흔하디흔한 후기가 아니라 현지인의 삶까지 엿볼 수 있는 한 편의 이야기가 된 셈이다. 그리고 이런 식으로 대화가 등장하는 모습은 다양한 장르의 글에서 모두 발견할 수 있다.

모든 재미있는 글에는 필시 대화가 등장한다……. 이 흥미로운

---

[2] 백상현, 『이탈리아 소도시 여행』(시공사, 2018). 제목 그대로 이탈리아의 소도시들을 여행하며 쓴 귀여운 사이즈의 노란 책이다. 그런데 피렌체랑 베니스까지 소도시라고 하기에는 좀 무리 아니려나?

패턴을 발견하고, 나름의 심층분석을 한번 해봤다. 어째서 대화는 궁극의 비법 소스가 되는 걸까? 도대체 어떤 원리가 뒤에서 작용하고 있기에?

결론은 바로, 대화를 넣으면 필연적으로 스토리의 주요 요소들이 패키지로 따라오기 때문이었다.

우선은 대화하려면 둘 이상의 화자가 필요하다. 앞서 나왔던 계란 이야기만 봐도, 대화를 집어넣으려고 하다 보니 엄마닭이 뿅 하고 나타났다. 그러니까 대화는, 인물 한 명만 가지고 어떻게든 이야기를 이끌어보려던 게으른 작가에게 뺨을 찰싹찰싹 때려준다. 좋으나 싫으나 둘 이상의 캐릭터를 짜내야 한다.

그렇게 둘 이상의 화자가 모여서 뭐라고 얘기를 하고 있으면, 어찌 됐든 간에 티키타카를 하게 된다. 얘는 얘 입장에서 말을 하고, 그걸 듣고 있던 저쪽에서는 또 본인 입장에서 상대방의 말을 곱씹으면서 뭐라 뭐라 받아친다.

이걸 하려면 작가는 둘의 성격이나 입장을 상상해야 한다. 그런데 그러다 보면 그 밖의 수많은 설정도 줄줄이 데려와야 한다. 소설의 경우라면 더더욱 요긴하게 쓰일 수밖에 없는 장치다.

'말투를 정해야 하는데. 털털한 성격의 캐릭터로 할까?'

'인물들이 죄다 표준어만 써서 헷갈리네. 한 명쯤은 사투리를 쓰게 할까? 그럼 그 친구는 지방 출신으로 설정해야겠고.'

'이 캐릭터는 조금 숫기 없는 말투로 대답하게 해야겠다. 가만있어 보자, 그럼 어쩌다가 내성적인 친구가 되었는지 성장배경을 좀

마련해 두어야겠네.'

각각의 캐릭터를 입체적으로 만드는 것은 물론이거니와, 이야기의 전체적인 구조 또한 더욱 섬세하게 짤 수 있다. 화자가 1명이면 대화가 없으므로 이야기가 단선적으로 흘러가지만, 화자가 2명이면 이 사람 말도 들어봐야 하고 저 사람 말도 들어봐야 한다. 따라서 필연적으로 이야기의 복잡도가 올라간다.

이는 마치 점이 많아질수록 이을 수 있는 선이 많아지는 것과 같다. 3명이면 3개의 선을 그을 수 있지만, 4명이면 6개의 선이 그어진다. 대화에 참여하는 인물이 여럿이라면 무리까지 지을 수 있다. 2명 대 2명으로 패를 이뤄서 말싸움을 시킬 수도 있다. 혹은 3명 대 1명이라는 비대칭적인 구조로 이야기의 기류를 불안정하게 만드는 것도 가능하다.

간혹 웹툰을 보다가도 '아, 대화가 있으면 좋겠는데' 싶을 때가 있다. 잘만 전개되던 이야기가 어느 순간부터 정체된 느낌이 든다거나, 혹은 전개가 다소 뜬금없이 흘러갈 때 특히 그런 생각이 든다. 잘 보면, 주인공이 혼잣말만 하고 있든지, 아니면 인물들 간에 대화가 분명히 있기는 있는데 딱히 유의미하지 않은 말들을 주고받으면서 말풍선들만 채우고 있든지 하는 경우가 많다.

이런 경우, 대화를 세심하게 체크해 본다면 작가는 인물들 간의 갈등이나 입장, 앞으로의 행보 등을 한 번 정리할 수 있다. 대화에는 필연적으로 그 모든 요소를 녹여내야 하기 때문이다.

그렇다면 과연 대화의 쓰임새는 어디까지 가능할까? 호기심이 동한 나머지, 나는 급기야 블로그에 맛집 리뷰를 올릴 때 대화를 한번 넣어보기로 했다.

평소에 취미 삼아 맛집 리뷰를 쓸 때는 아주 보편적인 패턴을 따랐다. "안녕하세요 이웃님들! 오늘은 구의동 맛집에 다녀왔답니다!" 하는 식으로 시작해서, 대강 어떤 메뉴들을 주문했고 맛이 어떠했다 하는 내용을 담으면 얼추 포스팅이 끝났다.

그런데 여기에 대화를 넣는다? ……대체 어디에?

애초에 맛집 리뷰에 대화라니, 영 어울리지 않는 조합이었다. 그동안 '딸기 김치' 같은 기상천외한 괴식을 인터넷에서 마주할 때면 '저거 도대체 어쩌다가 만들었을까?' 하고 궁금했는데, 지금 이 순간 바로 내가 블로그 맛집 리뷰 계의 '딸기 김치'를 만들고 있는 게 아닐까 하는 불안한 마음이 스멀스멀 피어올랐다.

머리를 짜낸 끝에, 남편과 같이 메뉴를 고민하던 순간을 대화로 담아냈다. 여러 메뉴 중에 고민고민 하다가 직원분께 여쭤보고 결정했던 내용으로.

그런데 어라, 대화를 무려 맛집 리뷰에 넣었는데도 의외로 어색하지 않다……?

오히려 좀 더 개성 있는 글, 진짜 추억이 담긴 맛집 탐방기가 되었다. 무슨 메뉴를 골랐는지, 무슨 메뉴를 고르지 '않았는지', 왜 그 식당에 갔는지, 그날 분위기는 어떠했고, 기분은 어땠는지 등의 시시콜콜한 내용이 자연스럽게 녹아 들어갔다.

사실 식당에서 무슨 메뉴를 팔고 음식 맛이 좋았고 하는 이야기는 조금만 인터넷을 검색해보면 사방천지에 널려 있다. 그렇지 않아도 내가 천편일률적인 맛집 리뷰를 기계적으로 찍어내고 있지는 않은지 고민하던 차였는데, 대화를 넣은 덕분에 나만의 스토리를 녹여낼 수 있었다.

　블로그 계의 '딸기 김치'가 되는 불상사도 벌어지지 않았고 말이다.

소생술 2. 구조를 짠다

지금도 그렇지만 어렸을 때도 나는 늘 진라면이나 신라면처럼 칼칼한 국물의 라면을 좋아했다. 반면에 어떤 친구들은 비빔면 형태의 컵라면을 먹었다. 특히 '라면볶이'가 인기 있었지만, 나는 한 번도 먹어볼 생각을 하지 않았다. 왜냐하면 라면볶이에 실패한 친구들의 탄식이 심심찮게 들려왔기 때문이었다.

"헉! 나 스프 먼저 넣어버렸어……."

일반 컵라면과는 다르게, 라면볶이는 면을 먼저 익힌 다음에 소스를 부어서 비벼야 했다. 뜨거운 물보다 소스를 먼저 부어서도 안 되고, 면이 다 익었다고 해서 바로 소스를 투입해도 안 된다. 반드시 뚜껑의 구멍으로 물을 따라낸 다음 소스를 넣어야 했다. 게다가 물을 따라낼 때도 면이 덩달아 딸려 내려가는 불상사에 여전히 주의해야 한다니.

'······나는 그냥 라면을 먹을래.'

그래서 이 단순한 중학생은 속 편하게 선택지에서 라면볶이를 지워버렸다.

지금 와서 생각해 보면 딱히 어려운 일은 아니었다. 아니, 학원에서 복잡한 수학 응용문제를 풀고 있었으면서 고작 라면볶이 끓이는 게 머리 아프다니. 그냥 용기 겉면에 적혀 있는 레시피나 한번 훑어 보고 차근차근 따라 하면 됐는데.

그나저나 글쓰기에 관해 이야기하다가 갑자기 웬 라면볶이람? 이 장의 제목인 '구조를 짠다'와 라면볶이의 레시피, 전혀 관련 없어 보이는 둘 사이에는 사실 공통점이 있다. 왜냐하면 둘 다 '망치지 않도록 초장에 잡아주는' 역할을 하기 때문이다.

경험상 구조를 설계하고 이야기를 쓰면 그렇지 않고 글을 쓸 때보다 망할 확률이 대폭 줄어들곤 했다. 왜 그런고 생각해 보니 이유는 간단했다. 이야기의 처음부터 끝까지를 필연적으로 쭉 한 번 고민하게 됐기 때문이다.

구조를 짜려다 보면, 그냥 되는대로 막 쓸 수가 없었다. 대신에 복선이라든가 캐릭터의 상관관계 등 여러 장치를 고려하면서 차분하게 이야기를 머릿속으로 조직해야 했다.

기껏 시간 들여서 이야기의 중반까지 썼는데, 그제야 '이다음에는 어떻게 쓰지? 맺을 때는 어떻게 하지?'라는 고민이 시작되면 머리가 아파진다. 그런데 만약 구조를 진작부터 짜 두었다면? 막판에 가서 당황할 필요 없이, '그래! 이러저러하게 마음먹었던 대로 마무리하면 되겠다'라며 밀고 나가면 된다.

그러니까 라면볶이로 치면 사전에 조리법을 숙지하는 셈이다. 끓는 물 부어서 면을 먼저 익히고, 소스는 물 따라낸 다음에.

한편으로는 글을 쓰기 전에 구조를 먼저 짜 놓으면 지치지 않고 글을 끝까지 쓸 수 있다는 장점도 가져갈 수 있다. 건축에 빗대자면 구조를 가진 이야기는 '철근 콘크리트 건축물'과 비슷하다. 건물을 올릴 때 철근을 심지 않으면 하중을 버티지 못해서 무너질 위험이 있으므로, 지을 수 있는 높이에 한계가 생긴다고 한다. 반면 철근으로 골격을 세우고 콘크리트로 채워나간다면 마천루도 만들 수 있다.

글쓰기도 마찬가지다. 구조라는 청사진을 들고서 글을 짓는다면 철근들 사이에 중간중간 살을 붙여가며 비교적 수월하게 이야기를 풀어나갈 수 있다.

길고 긴 여정의 동반자라는 구조의 특성은 특히 비교적 장편의 글을 쓸 때 진가를 발한다. 예를 들어 조앤 K. 롤링은 한 인터뷰에서, 『해리 포터』 시리즈를 쓸 때 최종 결말까지 다 구상해 놓고 소설을 집필했다고 말했다.

이 말을 듣기 전까지는 단순히 4권쯤부터 작가가 길을 잃고 대서사시로 새어버린 줄 알았다. 그런데 사실 『해리 포터』 시리즈는 애초에 마냥 싱글벙글 마법 학교 이야기가 아니었다. 참고로 인터뷰의 출처를 밝히고 싶은데, 해당 인터뷰를 다시 찾아내지 못해서 실패했다. 다음부터는 인상 깊은 내용을 마주하면 반드시 어딘가에 적어둬야겠다.

아차, 혹시 『해리 포터』를 안 읽어봤다면 조금 전의 이야기는 썩 알아듣기 쉽지 않은 예시였을 텐데⋯⋯. 만약 안 읽어봤다면 한 번쯤 꼭 읽어봤으면 좋겠다. 맛집은 다 이유가 있으니까.

지금 이 책도 겉보기에는 아무렇게나 생각나는 대로 막 쓴 것 같지만, 실은 나름대로 구조를 먼저 짜 놓고 살을 붙여가며 쓰고 있다. 먼저 "글이 노잼으로 전락했을 때 살려내는 방법에 관해 쓰자"라는 큰 주제를 잡고, 챕터별로 소주제를 차례대로 정했다. 그런 다음 소주제별로 대강 어떤 말을 할지 두세 줄 정도 미리 적어두었다. 지금 이 장도 큰 틀을 잡아 놓고 살을 붙여가며 쓰고 있는데, 그 틀은 챕터가 끝날 때 보너스로 붙여두려고 한다.

최근 들어서는 이렇게 대략적인 큰 틀을 잡아 두고 글을 쓰려는 시도를 더 자주 하고 있다. 아무래도 나이가 들면 들수록 삶이 팍팍해지면서 정신이 없어지고 집중력도 떨어지기 마련인지라, 이정표를 먼저 세워두지 않고서는 '내가 무슨 말을 하려고 했지?'를 반복하다 지쳐버리기 때문이다. 이 글을 손위분들이 보시면 혀를 차시겠지만, 사실이 그런 것을 어찌하리⋯⋯.

개인적으로는 이렇듯 뭔가 미리 적어두는 행위를 '뇌의 기억용량을 확장한다'와 비슷하게 여기고 있다. 조금 괴상하게 들릴지 모르겠지만, 나는 이 생각을 할 때마다 노트북에 용량 넉넉한 USB 메모리를 꽂는 상상을 한다.

예컨대 지금은 제2장을 쓰고 있지만, 이다음에 쓸 소재를 그새 까먹을까 봐 전전긍긍하지는 않고 있다. 마음 편하게 지금 다루고 있는 '구조'라는 주제에 대해서만 집중해서 쓰는 중이다. 그다음 장을 쓸 때는 나의 휘발성 강한 머릿속 기억공간 대신에 아주 믿음직한 USB 메모리를 다시 불러와서 '그때 뭘 쓰려고 했더라?' 하고 들여다보면 된다.

굵직굵직한 소재들을 먼저 잡아두는 방식은 이따금 꿈을 기록할 때도 아주 요긴하게 쓰인다. 보통은 자고 일어나면 간밤에 무슨 꿈을 꿨는지 하나도 기억이 안 나는 경우가 많은데, 가끔 정말 신기하고 재미있는 꿈을 꾸는 날이 있다. 그런 아침에는 일어나자마자 아직 꿈이 신선할 때 메모장에 그 내용을 적어둔다. 그래야 나중에 소설을 쓸 때 가져다가 써먹을 수 있기 때문이다.

한 가지 팁을 주자면 꿈을 기록할 때는 신선도가 생명이므로, 꿈 내용을 처음부터 순서대로 적어 내려가면 망하기에 십상이다. 조금만 자세하게 천천히 적다 보면 결국 중간이나 끝부분은 그새 까먹어서 영영 기억해내지 못할 위험이 커진다.

꿈을 적다가 문득 떠오르는 중요한 장면들에는 아주 정중하게 예를 표해야 한다. 그러지 않고 '잠깐만! 네 차례는 시간 순서상 조금 이따가 적어야 해'라고 손짓한다면, 이 예민한 손님들은 금세 뾰로통해져서 떠나간다. 그러니 꿈을 기록할 때는 중요한 소재들 위주로 짤막하게나마 전반적으로 적어두고, 이들을 이정표 삼아서 사이사이 살을 붙여가면 효과적으로 꿈 내용을 기술할 수 있다.

다시 글쓰기로 돌아와서. 구조라는 게 그렇게 약방의 감초처럼 톡톡히 역할을 한다면, 그럼 글 잘 쓰는 작가들은 하나같이 다 구조를 먼저 짠 다음에 이야기를 지을까? 글쎄, 아마 그렇지는 않은 것 같다. MBTI만 봐도 철저한 계획파인 J들이 있는 반면, 계획이 틀어져도 딱히 개의치 않는 P들 또한 존재하는 것처럼 말이다.

앞서 얘기했던 조앤 K. 롤링과는 정반대로, 일본의 애니메이션 거장 미야자키 하야오는 구조를 짜지 않고 이야기를 만드는 스타일이라고 한다. 그의 대표작 중 하나인 〈센과 치히로의 행방불명〉의 비하인드 다큐멘터리에 담긴 인터뷰에 따르면, 주인공 '치히로'의 모험은 그야말로 의식의 흐름에서 나온 결과물인 셈이었다.

아차, 만약 미야자키 하야오도 모른다면 이번 예시도 썩 적절하지 않을 텐데……. 그렇지만 이번 기회를 계기 삼아서라도 이 감독의 애니메이션은 한 번 꼭 봤으면 좋겠다. 그렇지 않으면 인생에서 너무 많은 것을 놓치고 있는 셈이니까.

아무튼 미야자키 하야오처럼, 모든 작가가 서사를 만들 때 처음부터 끝까지 설계 먼저 해 놓고 시작하지는 않는다. 심지어는 기껏 구조를 다 짜 놓았음에도 이야기가 뜻대로 전개되지 않는 경우도 발생한다. 결말을 처음에 정해놓고 쓰기 시작했는데, 막상 소설을 쓰다 보니 캐릭터들 성격이 워낙 뚜렷한 나머지 저들이 본인 의지대로 이야기를 끌고 가버렸다고 털어놓는 작가들이 한둘이 아니다.

이렇듯 작가 성향에 따라서 선제적 구조 설계에 대한 입장은 천차만별이다. 그렇다면 우리는 어떻게 해야 할까? 역시 구조를 짜고 이야기를 쓰는 편이 나을까, 아니면 우연성에 행운을 걸어 보는 게 더 좋을까? 후자의 경우도 충분히 흥미로운 전개가 나오겠지만, 이 책의 제목인 심폐소생술을 고려했을 때는 아무래도 전자가 더 적절한 방법 같아 보인다. 요행을 바랄 때는 신에게 기대야 하지만, 신이 이미 저버린 상황에서는 구급차를 불러야 한다.

그러나 애석하게도, 마음 딱 먹고 '어디 그럼 좋은 구조를 만들어 볼까!' 한다고 해서 그럴싸한 구조가 하늘에서 뚝 떨어지지는 않는다. 좋은 이야기 구조를 설계하기란 그 자체로 몹시 어려운 작업이기 때문이다. 이야기를 많이 써 버릇해야 실력이 느는 분야 중 하나이고, 그러니까 결국에는 시간과 노력이 답이다.

그럼 결론은 '노오력'인가? 그래도 이 책 이름이 명색이 심폐소생술인데, 너무 무책임한 말이다. 게다가 일단은 나부터도 응급처치가 간절할 때가 많았다. 당장 노잼 글을 살려내야 하는 상황에 자주 처했던 만큼, 곧바로 써먹을 수 있는 가장 빠른 기술을 찾아보려고 머리를 이리저리 굴려봤다. 그러다 찾은 한 가지 방법이 있었으니, 바로 잘 쓴 남의 글을 분석해서 그 구조를 차용하는 것이었다.

'어디 참고할 만한 글 없나?' 하고 책장을 뒤적이다가 요시모토 바나나의 『매일이, 여행』이라는 에세이집이 눈에 들어왔다. 여행기와 일상적인 수필이 '여행'이라는 테마로 한데 묶인 책인데, 읽을 때마다 마음이 차분해져서 어쩐지 눈 내리는 어느 겨울날 난롯가에 앉아 있는 착각이 들곤 한다.

그중에서 특히 마음에 들었던 편은 〈추웠답니다〉였다. 이 에세이에서 작가는 추위에 오들오들 떨며 다녔던 이탈리아 여행의 기억을 풀어놓았다. 짧지만 여행에 대한 추억을 몽글몽글 떠오르게 하는 아주 재미있는 에세이였다.

무릇 "좋은 예술가는 빌리고, 위대한 예술가는 훔친다"는 말이 있지 않은가? 나는 이 에세이가 마음에 쏙 들었던 나머지, 그 안에 숨겨진 영업비밀을 훔치기로 했다.

그래서 글을 다시 찬찬히 뜯어봤더니 이런 구조를 추론할 수 있었다.

(올라가는 화살표는 긍정의 표시)

↘ 여행을 갔는데, 정말 추웠다. 점점 더 구체적으로 추위를 설명한다.

→ 그러나 그 시절이 아름다운 추억 같다. 친구도 한마디 거든다.

↗ 아름다운 추억을 구체적으로 하나 더 제시한다.

↘ 그런데 사실·돌이켜보면 이 또한 미화된 추억에 불과하다. 엄청 추웠던 얘기를 또 한다.

♪ "여행이 아름다워지는 미화 마법"이라는 긍정적인 결론으로 마무리한다.

구조를 분석해봤더니 처음 시작부터 끝맺음까지 어떻게 틀이 잡혀 있는지를 확인할 수 있었다. 이야기의 흐름은 오르락내리락하는 모습을 보였으며, 결국에는 글이 고점에서 마무리되면서 산뜻한 여운을 남기는 형태였다. 또한 주야장천 일인칭으로 서술만 하는 게 아니라, 대화 요소도 슬쩍 들어가 있다는 사실도 발견했다. 그렇지 않아도 글을 쓸 때 말을 어떻게 시작해야 좋을지, 그리고 용두사미가 되지 않으려면 끝을 어떻게 맺어야 할지 고민이던 차였는데. 아주 딱 맞는 참고 자료를 얻었다.

구조를 파악했으니, 이제 그다음은? 이 훔친 레시피를 가지고 당당하게 '내 요리'를 만들 차례다. 장르를 꼭 에세이로 국한할 필요는 없으니 소설을 써도 좋겠다. 마침 글을 쓰는 지금 커피를 마시고 있으니, '커피에 빠져 살던 날을 회상하는 사람'을 그려 봐야겠다.

(↘ 커피를 좋아했는데, 엄청나게 마셨다. 점점 더 구체적으로 강도를 설명한다.)

2018년이었다. 당시 바이올렛은 중독 수준으로 커피에 빠져 살고 있었다. 아침에 일어나면 에스프레소로 시작, 학교에 도착하면 교실 뒤편에서 아메리카노를 내리고, 점심에는 편의점 라떼로 입가심했다. 오후에도 커피를 한 번씩 꼭 마셨고, 저녁에 귀가해도 또 커피를 타 마셨다.

(→ 그러나 그 시절이 아름다운 추억 같다. 친구도 한마디 거든다.)

하지만 한 가지에 푹 빠지는 삶이란 얼마나 단순하고 아름다웠는지! 지금이야 규모가 커져 버린 사업이며 뭐며 신경 쓸 일이 한두 가지가 아니지만, 그 당시에는 커피를 탐닉하느라 정신이 없었다. 조금 전에 아이스 아메리카노 한 잔을 홀랑 마시고 간 케빈도 그 시절을 언급하지 않았던가.

"그때는 커피 얘기만 하면 네 눈이 초롱초롱해졌어. 기억 나, 바이올렛?"

(╱ 아름다운 추억을 구체적인 예시로 제시한다.)

그랬었지, 그랬었지. 커피 테이스팅 수업을 들으러 다니고, 이렇게 된 김에 바리스타에 도전하겠다며 주말마다 몇 잔씩 커피를 내렸다. 그래서 토요일과 일요일 아침은 늘 커피 향기로 가득했다.

(╲ 그런데 사실 돌이켜보면 미화된 추억에 불과하다. 카페인 중독 이야기를 한다.)

그러던 바이올렛이 커피를 줄이게 된 것은, 늘 달고 다니던 불안증세 때문이었다. 아무리 카페인에 둔감했다고는 하지만, 장기간 커피를 지나

치게 마시다 보니 결국에는 몸에 이상이 왔다. 손이 떨리거나 잠이 안 오는 정도의 문제가 아니었다. 호흡이 가빠지고 부정맥마저 종종 나타났다.

(♪ "추억이란 대상을 아름답게 만들어 주는 미화 마법"이라는 긍정적인 결론으로 마무리한다.)

끝내 몇 차례 병원 신세를 지고 나서야 바이올렛은 정신을 차리고 커피를 줄였다. 그러나 몇 년이 지난 지금은 그것도 다 지난 일. 바이올렛의 기억 속 학창 시절은 병원의 하얀 시트와 소독약 냄새가 아닌, 고소하고 기분 좋아지는 커피 향기로 가득하다. 아무래도 이것저것 재야 하는 복잡한 어른의 삶이 아닌, 좋아하는 일을 마음껏 파고들었던 시간이었기 때문이지 않을까.

남의 에세이에서 구조를 따 오고, 상상력을 발휘해 내 방식대로 살을 붙여간다. 만약 이 방식을 사용하지 않고 단순히 손이 가는 대로 '커피에 열정적이었던 가공의 인물 이야기'를 썼더라면 아마 높은 확률로 중간에 길을 잃었을 게 분명했다. 왜냐하면 실제로 윗글을 쓰면서 마지막 단계에서 턱 막혔다가, 미리 짜 둔 구조를 참고해서 기사회생했으니까…….

아마 사람마다 성향은 다 다르겠지만, 나는 꼭 글을 맺을 때 고뇌에 빠진다. 누군가는 글을 처음 시작하는 게 제일 어렵다고 하고,

또 어떤 이들은 아예 글의 마지막 부분부터 정한 다음에 시작한다고 한다. 반면에 나는 이야기의 운을 뗄 때는 그나마 수월한데 기껏 다 쓰고 나서 '인제 어쩌지?'라면서 갈팡질팡한다. 다행히 이번에는 좋은 구조를 차용해서 미리 틀을 짜 둔 덕분에, 막판에 임기응변으로 맺음말을 짜내느라 진땀 빼지 않아도 되었다. 그러니 이 꿀팁은 어디 잘 적어 두었다가 다음에 글을 쓸 때도 참고해야겠다. (책을 쓰면서 본인이 학습하고 있다니.)

좋은 구조를 찾아두면 아주 요긴하다는 사실을 깨달은 이후로는 무슨 이야기를 접하기만 하면 구조를 요리조리 뜯어본다. 특히 최근에는 영화나 OTT 드라마처럼 아예 작정하고 흥미로운 서사를 설계한 작품들이 쏟아져 나오고 있다. 그래서 가만히 앉아 그들의 이야기 구조를 찬찬히 돌이켜 보면 '천잰데?' 싶을 때도 많다. 30분도 채 안 되는 짧은 한 편의 러닝타임 안에, 무려 중심 서사와 보조 서사를 병행으로 진행함으로써 중심 서사가 그럴싸하게 맞물려 전개되도록 한다거나. 혹은 초반에 떡밥을 교묘하게 흘려 놓고 나중에 가서 이를 끝내주게 회수한다거나.

물론 개중에는 작위적인 연출과 말도 안 되는 무리수 등으로 인해, 구조를 본뜨기가 조금 머뭇거려지는 이야기들도 많다. 일례로 〈이상한 변호사 우영우〉를 보면서 좀 그랬다. 애당초 로맨스 판타지처럼 일종의 법조계 판타지 장르라고 생각하고 보면 모르겠는데, 나는 왠지 그 드라마를 볼 때마다 내 주위의 변호사 친구들이 자꾸만 떠올랐다. '걔들이 지금 내 모습을 보면 뭐라고 생각할까'라는 쓸데없는 자의식 과잉이 불쑥불쑥 튀어나오는 탓에, 이 재미있는 드라마를 마음 편하게 즐길 수가 없었다.

그래서 차라리 대놓고 '로맨스 판타지'를 즐겨 보고 있다, 라고 주장한다면 좀 억지처럼 들리려나⋯⋯?

처음에는 로맨스 판타지, 줄여서 로판 장르라고 하면 좀 뜨악한 눈으로 보곤 했다. 여기는 21세기 극동아시아의 한국인데, 로판의 세계에는 웬 귀족들이며 말도 안 되는 먼치킨 마법사와 소드마스터들이 가득했다. 게다가 만나면 서로 서열을 따져가며 기 싸움을 하는 그런 장르도 내 취향이 아니었다.

그랬는데 이제는 로판의 클리셰를 줄줄 읊을 수 있는 경지에 이르렀다. 학생 때 그렇게 외우려고 해도 외워지지 않던 '공후백자남' 하는 귀족 작위 순서도 드디어 숙지했다. 그뿐만 아니라 웹툰을 넘어서 웹소설을, 그것도 결제까지 해가면서 보기 시작했다. 보통 흥한 웹소설이 웹툰화가 되고, 웹툰 중에서 일부가 실사화되는 트렌드를 감안할 때, 나는 지금 미식으로 치자면 맛집을 찾아 다니며 밥을 사 먹는 수준을 넘어섰다. 좋은 농장을 발굴해서 직거래 루트를 뚫어놓는 격이다.

오타쿠처럼 보일 수 있는 점은 인정하지만, 한 가지 항변하자면 웹소설 시장은 굉장한 성장세에 있다. 서울문화재단에서 발간한 『문화+서울 11월호 VOL. 177』에 의하면, 2013년만 해도 고작 100억 원대에 머물던 한국 웹소설 시장은 2020년에 무려 6,000억

원대로 성장한 것으로 추정된다고 한다. 그러니까 나뿐만 아니라 수많은 사람이 열심히 유료 회차를 결제해가면서 웹소설에 매료되어 있다는 뜻이다.

자본주의는 대체로 효율적으로 굴러간다고 믿는 나로서는 다분히 호기심이 동하는 지점이다. 사람을, 이야기 하나만 가지고, 돈을 지불하게 한다고? 정상급 연예인이 총출동하는 현란한 영상도, 작가의 손목이 걱정될 정도로 채색이 아름다운 웹툰도 아니고, 달랑 텍스트 파일로도 만들 수 있는 웹소설로?

그런데 슬쩍 한 번 들여다보면, 구조 자체가 사람을 결제할 만하게 만드는 형태다. 완결까지 간 웹소설은 꽤 긴 장편소설인데, 이를 구성하는 회차들은 무척 짧은 단편들이다. 웹소설 플랫폼인 조아라의 경우에는 일부 유료 카테고리에 대해 '10KB 이상은 올릴 것'을 작가들에게 최소 기준으로 제시하고 있으며, 이는 글자 수로 치면 공백 포함해서 4천 자 정도에 해당한다. 4천 자면 어느 정도인가? 2021학년도 대입 자기소개서 공통양식의 자기소개서 기준이 '5천 자 이내로 작성하시오'였다.

그러니까 웹소설은 자기소개서만큼이나 짧은 회차마다 기승전결을 담아내면서, 새로운 캐릭터도 소개하고, 떡밥도 던진다. 그 와중에 다음 회차를 궁금하게 만드는 미스터리한 단서도 넌지시 흘리면서, 매 회차가 장편의 일부인 만큼 긴 호흡의 서사 전개도 잊지 않고 진도를 빼는 등 아주 밀도 있는 구조를 갖추고 있다. 이러한 덕목들을 갖추지 못한 웹소설은 독자들에게 외면받고, 다음 회차 결제를 유도하는 데에 실패해 퇴출당한다.

사람을 결제하게 만드는 이야기 구조라니. 왠지 그 비결만 알아내면 나도 글쓰기로 어찌어찌 먹고 살아갈 수 있지 않을까 싶어져서 자꾸만 들여다보고 있다.

장편과 단편을 막론하고 구조라는 밑그림은 이처럼 이야기가 밀도 있게 전개될 수 있도록 떠받쳐주는 뼈대와 이정표 역할을 해 준다. 그러니 다른 좋은 글이나 혹은 영화라든가, 여하튼 어디서라도 취향껏 구조를 구해와서 이야기를 만들어보는 시도를 몇 번 해 보자. 맨땅에서부터 시작해서 생각나는 대로 백지에 급하게 적어나가는 방식보다 훨씬 글쓰기가 수월해진다.

물론 이러나저러나 어느 정도 작문에 숙달되면 구조 따위에 얽매여 머리 싸매지 않고도 청산유수로 잘 쓸 수 있을지 모르겠다. 글이 아니라 그림의 경우에도, 잘 그리는 사람들은 밑그림 없이도 쓱쓱 잘만 그리니까. 연필도 아니고 한 번 삐끗하면 몽땅 망쳐버리는 '볼펜'으로도 아주 시원시원하게 선을 그어 나가던데, 그렇게 손 가는 대로 그려도 완성작을 보면 형태며 세부 묘사까지 완벽하다.

하지만 숙련공이나 천재가 아니라면 역시 구조를 좀 고민하는 편이 도움이 되지 않을까 싶다. 그러다 보면 언젠가는 익숙해져서, 딱히 큰 틀을 잡는 데에 따로 시간을 들이지 않더라도 머릿속에 대강의 그림이 자연스럽게 그려질 수도 있지 않을까?

뭐, 그래도 짧은 글 정도라면 복잡하게 무슨 구조를 잡느니 하지 않고서도 쭉쭉 써 내려갈 수 있겠다만. 그런데 문제는 꼭 방심할 때 터진다. 처음에는 쉽게 쓸 수 있을 줄 알았지만 쓰다 보니 망하는 것이다.

그야말로 심폐소생술이 필요한 시점이다. 그런데 지금껏 말했던 바에 의하면 구조 짜는 단계는 글을 시작하기 전에 이미 끝냈어야 하는데, 인제 와서 뭔가를 할 수 있을까? 비유하자면 마치 계란 프라이가 탔을 때의 대처방안이 궁금해서 인터넷을 검색했더니 '계란 프라이가 타기 전에 뒤집을 것'이라는 엉뚱한 답변만 건진 셈이다.

그런데 계란 프라이가 좀 탔다고 해서 반드시 몽땅 버려야 하는 것은 아니다. 탄 부분을 조금 도려내고, 타지 않은 부위를 조심스럽게 살핀다. 그리고 잘 궁리해 본다. 맛있었던 계란 요리들은 보통 어떻게 했더라……. 옳지, 케첩을 뿌리면 되겠다!

글쓰기도 비슷하다. 망빌이라고 해서 지금까지 쓴 글을 죄다 폐기 처분할 필요는 없다. 우선 곰곰이 돌이켜 보면, 펜을 들게 된 이유가 분명 기억날 것이다. 참신한 주제 의식이 떠올랐다거나, 절대로 잊고 싶지 않은 기억을 재미있는 이야기 형태로 남겨두고 싶었다거나.

보석 같은 원재료는 우선 킵 해두고, 이야기로부터 한발 물러서 보자. 그리고 시간을 들여서 구조를 찬찬히 고민해 본다. 내 이야기는 왜 재미없는 글이 되었을까? 동시에, 재미있게 읽혔던 다른 이야기들을 떠올려본다. 그 이야기들과의 차이를 종이에 적어본다. 그러다 보면 뭔가 짚이는 게 생긴다.

고민 끝에 힌트들을 모았다면, 이제 이들을 어떻게 요리조리 써먹어 볼 수 있을지 궁리할 시간이다. 액자식 구성을 차용해 볼까? 대립 구도의 빌런을 한 명 추가해서 긴장감을 높여 줄까? 화자의 감정이 일정하게 가도록 하지 말고, 기복을 좀 줘 볼까? 운이 좋으면 적당한 구조를 금방 찾아내서 성공적으로 적용할지도 모른다.

반면에 때로는 일부러 구조 같은 복잡한 요소는 제쳐두고 글부터 쓰기도 한다. 앤 라모트라는 작가는 『Bird by Bird』라는 책에서, 본인은 일단 '쓰레기 같은 초고[3]'를 쓰는 데서 시작한다고 말한다. 그다음에 뺄 거 빼고 더할 거 더하면서 글을 완성해 나간다는 것이다.

너무 완벽한 구조만 생각하면 글이 아예 안 써질 수도 있다. 일단 쓰고, 그다음에 구조를 생각하면서 제대로 빚어나가도 된다. 이편이 오히려 소재들을 종이 위에 탈탈 털어놓고 마음 편히 미세 조정 작업으로 넘어가도록 하는 출발 단계가 될 수도 있다. 사실 이 챕터도 '형편없는 초고'를 쓰는 데서 시작했다. 일단은 쓰고, 그다음에 구조를 뜯어보면서 찬찬히 고쳐나갔다. 심폐소생술에 심폐소생술을 거듭하면서 말이다.

물론 다 죽어가는 글을 살리는 데에는 어쩌면 온종일, 혹은 몇 날 며칠이 소요될 수도 있다. 그래도 낙담할 필요는 없다. 고민을 거듭하는 과정에서 작가의 보석 같은 이야깃거리는 최상급 포도주

---

[3] 원문에서는 'shitty'라고 했으니, '똥 같은 초고'가 더 맞는 표현일까?

로 익어가는 중이니까.

　마지막으로, 아까 약속했듯이 이 챕터를 위해 짜 두었던 큰 틀의 구조를 적어보자면 다음과 같았다. 읽어보면 알겠지만 딱히 별 건 없다……. 다만 '아, 이렇게 썼다는 말이구나' 하고 감을 잡는 데에 도움이 되었으면 좋겠다.

'구조'에 대해서 쓰기

학원 다닐 때, 라면볶이에 뜨거운물과 스프를 같이 넣어버린 애가 있었다.
나중에서야 물을 버려야 한다는 사실을 깨닫고 어쩔 줄 몰라 하던 모습이란.

1) 처음부터 끝까지를 한 번 고민하게 된다.
〉구조 없이 쓰다가 망하지 않는다.

2) 지치지 않고 끝까지 쓸 수 있다.
〉이정표 역할. 철근 콘크리트.
〉비교적 긴 글, 혹은 아예 장편을 쓸 때 특히 도움이 된다.
조앤 K. 롤링은 〈해리포터〉 쓸 때 구조를 먼저 잡았다.

3) 까먹을까봐 전전긍긍하지 않아도 된다.
〉꿈 이야기. 구조를 짜고 살을 붙였다.

그럼 글 잘 쓰는 작가들도 구조를 쓸까?
아까는 조앤 K. 롤링.
반면에 미야자키 하야오는 구조 없이 이야기를 만들었다.
물론 이도저도 아닌 케이스도 있다.

〉 이처럼 입장은 다 다르지만...

망했을 때는 구급차를 불러야 한다.

그렇지만 시간과 노력이 필요하다.

잘 쓴 글의 구조를 분석/차용하자.

예를 들자면~.

〉 요새는 이야기를 마주할 때면 늘 그 구조를 뜯어본다.

영화. OTT 드라마.

특히 웹소설의 구조가 흥미롭다. 단편들이 결제하게 한다.

물론 숙달되면 잘 쓸 수 있다.

그림도 잘 그리는 사람은 밑그림 없이 쓱쓱 그린다.

하지만 숙련공이나 천재가 아니라면 스케치부터... 낫다.

그런데 문제는 꼭 방심할 때 터진다.

구조 없이도 잘 쓸 줄 알았는데, 쓰다 보니 망한 케이스.

그야말로 심폐소생술이 필요한 시점이다.

〉 한발 물러서서 고민해 본다.

운이 좋으면 적절한 구조를 금방 ...

하지만 때로는 구조 없이 글부터 쓰려고 한다.

"형편없는 초고를 써라"라는 명언을 들었다.

너무 완벽한 구조만 생각하면 글이 안 써질 수도 있다.

일단 쓰고, 그다음에 구조를 생각하면서 빚어도 된다.

사실 이 챕터도 이 방식으로 쓰였다.

소생술 3. 희한한 소재는 일단 집어넣고 본다

글쓰기와 요리는 비슷한 면이 있다. 여러 가지 재료들을 가지고, 즐기기에 좋은 뭔가를 요령껏 조합해내야 하기 때문이다.

서문에서 이미 밝혔듯이 나는 요리 실력이 초짜 수준이라 "요리에 비유하자면," 하고 이러쿵저러쿵 이야기하기가 조금 민망하기도 하다. 하지만 이 책이 겨우 첫 책에 불과하다는 점을 고려하면, 글쓰기에서도 수준급이라고 할 수 없기로는 마찬가지니 몇 마디 의견을 이야기해 봐도 괜찮지 않을까 싶다.

요리할 때를 떠올려 보자. 우선은 '뭘 만들까?'에서부터 시작한다. 한식? 중식? 양식? 오늘은 그냥 고기만 구워 먹을까? 삼겹살을 굽는다면 상추와 쌈장이 필요할 테고, 스테이크를 한다면 아스파라거스나 스테이크 소스가 있어야겠다. 사실 아직 한 번도 아스파라거스를 다듬어 본 적 없으면서 이런 얘기를 하려니 조금 양심에 찔린다.

무슨 음식을 만들지 결정했다면 그다음은 재료를 공수할 차례다. 되도록 신선한 재료일수록 좋고, 평소에 자주 쓰지 않던 식재료를 시도한다면 더 고급스러운 요리가 탄생할 수도 있다. 예컨대 삼겹살을 굽더라도 쌈장이나 기름장만 내는 게 아니라 와사비나 핑크솔트, 홀그레인 머스타드를 곁들인다면 훨씬 그럴싸한 식탁이 된다.

혹은 식재료 자체는 흔한 것을 쓰더라도, 레시피를 완전히 다르게 적용함으로써 독창적인 요리를 만들어낼 수 있다. 예컨대 똑같은 감자탕 한 냄비라도 고기를 산더미같이 올려서 끓인다면 '폭탄 감자탕'이라는 독특한 메뉴가 될 수 있고, 아이스 아메리카노 한 잔도 1L짜리 병에 담아서 팔면 '짐승 용량 아메리카노'가 될 수 있다. 말하고 나서 보니까 어째 레시피가 아니라 양으로 대결하는 듯한데, 기분 탓일까?

글쓰기도 요리와 비슷한 순서를 따른다. 먼저 어떤 글을 쓸지를 정한다. 에세이? 소설? 소설이면 SF? 판타지? 로맨스? 반대로 요리 방면에서 일명 '냉장고 파먹기[4]'라고 하는 방식처럼 순서를 바꿀 수도 있다. 요리에 넣을 재료를 먼저 정한 다음 그에 걸맞은 음식의

---

[4] 냉장고 파먹기는 "새로 장을 보지 않고 냉장고 속에 보관된 남은 음식이나 식재료로 요리해 먹는 것"을 말한다. 이런 걸 보면 우리나라 사람들은 신조어 창작에 정말 탁월한 감각을 가지고 있다. (출처 : pmg 지식엔진연구소 〈시사상식사전〉)

종류를 정하듯이, 글에 담을 소재나 주제를 먼저 정해둔 다음에 장르를 결정하는 것이다.

'나이 들어가는 것에 관해 쓰고 싶은데, 소설로 녹여낼까 아니면 에세이로 직접 서술할까? 어느 쪽이 더 표현이 잘 될까?'

그런데 작가가 요리사와 다른 점이 한 가지 있다. 같은 요리를 반복해서 혹은 약간의 변형만을 가해서 만드는 요리사와는 달리, 작가는 매번 완전 다른 요리를 창조해야 한다는 것이다.

유명한 맛집에는 보통 간판 메뉴가 하나 이상 있다. 된장찌개 하나만 가지고 건물을 올릴 수도 있고, "그 집에 가면 반드시 크림 파스타를 먹어야 한다"는 식으로 베스트 메뉴가 소문난 집도 있다. 단일 메뉴로 승부하는 집은 있어도, 매일 메뉴판을 갈아치우는 집은 눈을 씻고 찾아봐도 찾기 힘들다. 글쎄, 손님이 주문하는 음식이라면 그게 나폴리탄 스파게티든 구운 명란젓이든 모두 만들어 주는 '심야식당' 정도가 그럴 수 있을까?

반면에 글을 쓸 때는 매번 소재 자체가 바뀐다. 똑같은 일상생활 에세이라고 해도, 어느 날은 아침 햇살이 좋았다고 이야기하고, 또 어느 날은 커피가 향긋했다고 이야기하는 등 변화를 줘야 한다. 이게 제대로 되지 않으면 '레퍼토리가 뻔하다', '양산형[5]이네', '독자들

---

[5] 우산, 양산 할 때의 양산이 아니라, 대량생산을 말할 때의 양산이다. 공장에서 물건을 대량으로 찍어내듯이 틀에 박힌 흔한 포맷에 아주 미세한 변화만 주는 방식을 보통 양산형이라고 말한다. 서로 너무 비슷해서 헷갈린다는 점이 특징이고, 양산형 게임, 양산형 판타지 소설 등으로 쓰인다.

은 고구마만 계속 먹고 있는데 사이다는 언제 나오나요', 하는 소리가 나온다.

게다가 요즘 사람들은 더 자극적이고 더 새로운 무언가에 항상 목말라 있으므로, 끊임없는 독창성과 참신함은 선택이 아닌 필수 덕목이다. 특히나 영상 콘텐츠 쪽은 더 심하다. 옛날 같았으면 지상파 TV 프로그램만 해도 재밌다고 저녁마다 텔레비전 앞에 모여들곤 했는데, 지금은 대중이 지상파 프로그램으로부터 등을 돌린 지가 오래다. 유튜브부터 시작해서 온갖 콘텐츠가 범람하며 경쟁하는 탓에 웬만한 신선함이 아니면 눈길조차 끌지 못한다. 아직 TV를 보는 사람들은 옛 습관에 익숙한 중장년층이 대부분이고, 출연자들도 그들 나이 또래 위주로 나오고 있는 데에는 시대 흐름이 반영된 셈이다.

선풍적인 인기를 끌었던 〈오징어게임〉도 넷플릭스로 나왔기에 망정이지, 지상파로 송출되었다면 아마 지금 같은 흥행은 어렵지 않았을까 싶다. 지상파를 타려면 〈오징어게임〉의 독창적이었던 요소 하나하나가 깎였을 테니 작품이 제대로 빛을 발했을 리 만무하다.

예를 들어 사람이 피 튀기며 죽으면 잔인하니까 그런 장면들은 순화하고, '오징어게임' 자체가 일종의 목숨을 건 도박이니까 이런 소재는 사행성이 짙다며 아예 방향을 선회시켰을지도 모른다. 가난한 사람들 이야기는 자칫하면 외국에서 한국을 디스토피아라고 오해할 여지가 있다며 트집 잡혔을 수도 있다. 그밖에도 엘리트주의를 감춰야 하니까 서울대생은 한국대생으로 바꾸고, 외국인 노동자도 인종차별과 외교 문제로 엮일 수 있으니 등장인물에서 빼야 했을 테다. 물론 어디까지나 추측일 뿐이지만 말이다.

그런데 막상 이렇게 말하자니 지상파 방송국을 굉장히 무시하는 것 같아져서 좀 죄송스럽다. 게다가 방송국에서 일하는 지인들은 다 나보다 머리도 좋고 성격도 좋다는 사실이 뒤늦게 떠올라서 더욱 미안한 마음이 든다.

사실 영상물을 만들 때 다소 조심스럽게 접근하는 경향에는 지상파 방송국의 입장상 어쩔 수 없는 측면도 존재한다고 생각한다. 항상 국민 정서와 여러 가지 이슈를 종합적으로 고려해야 하므로, 단순히 '관습을 탈피하지 못한다'라고 치부할 수 있는 일은 결코 아니다.

어쨌든 이렇게 하나하나 덜어내다 보면 결국에는 아무것도 남지 않게 된다. 털이 마구잡이로 뽑혀버린 오리처럼 아주 볼썽사나워질 뿐이다. 강렬한 소재는 모두 제거하고 맹탕에 순한 맛이 되어버린 〈오징어게임〉을 과연 누가 볼까? 그거 말고도 볼 게 넘쳐나는 세상인데.

반대로 말하자면, 어떤 이야기가 많은 사람의 이목을 끌었다면 그 이유는 바로 참신하고 독특한 소재에서 비롯되었을 가능성이 높다. 비단 〈오징어게임〉뿐 아니라 수많은 콘텐츠가 '저도 꽤 별미랍니다!'라며 듣도 보도 못한 소재들을 들이밀며 매력을 어필한다.

예컨대 〈폴레트의 수상한 베이커리〉라는 영화를 두고 누군가가 "한 할머니의 베이커리 이야기"라고 소개한다면, '또 그저 그런 힐

링물이겠거니' 싶은 어렴풋한 생각만 든다. 인자한 얼굴의 할머니가 운영하는 작은 베이커리, 그곳에 가면 누구나 마음이 편안해지는 수상한 매력이 있다…… 하는 식으로. 반면에 이 영화에 대해 "한 할머니가 어떤 수상한 거래를 목격하고, 사업수완을 발휘하여 이를 본인의 베이커리로 접목한다"라고 설명한다면? 왠지 오른손에는 총을, 왼손에는 돈다발을 들고 있는 할머니가 연상되고, 그가 운영한다는 베이커리도 좀 미심쩍어지면서 한 번쯤 들여다보고 싶은 영화가 된다.

사람은 본능적으로 새롭고 자극적인 것에 끌린다. 그러니 만약에 희한한 소재를 발굴했다면 이는 곧 노잼 글을 살려낼 수 있는 신비의 영약이나 다름없다. 소설이든, 에세이든, 희곡이든, 독특한 소재가 들어가면 웬만큼 재미없었던 글도 몰라보게 탈바꿈시킬 수 있다. 물론 일단 들어간다고 해서 곧바로 명작이 될 수 있다는 얘기는 아니다. 그러나 여전히 심폐소생을 하기에는 손색이 없는 좋은 방법이다.

그럼 이제, 방법론으로 넘어가서.

특이한 소재를 찾는 방식은 각자 다를 수 있다. 다들 취향이 다르고, 사는 환경이 다르고, 읽는 책이나 즐겨 보는 콘텐츠가 천차만별이니 당연하다. 똑같은 소설을 읽는다고 해도 어떤 사람은 클래식한 영국 소설을 좋아하고, 어떤 사람은 가볍게 읽기 좋은 웹소설을 좋아한다. 드라마의 경우에도 MZ세대는 넷플릭스에서 시리즈물을 찾고, 나이 지긋한 분들께서는 여전히 TV 프로그램 편성표를 챙기실 수 있다. 그러므로 각자가 익숙한 서사나 장르, 즉 요리로 치자면 레시피 혹은 음식의 유형이 모두 다를 것이다. 또 각자 생활 패턴에 따라서도 소재의 원천은 달라질 수 있다. 학생이라면 학교생활에서 영감을 얻고, 직장인이라면 회사 생활에서, 크리에이터라면 창작 활동 중에 만나는 사람들과의 대화에서 자신만의 이야깃거리를 찾을 수 있다.

예를 들어 『지독한 하루』는 응급의학과 의사가 쓴 에세이집인데, 응급실에서의 에피소드들이라는 소재 그 자체만으로도 신선해서 눈길이 가게 한다 (실제로도 읽어 보면 재미있다). 아무리 아파도 보통은 집에서 약 먹거나 병원 다녀오고 말지, 당장 죽게 생겨서 구급차 타고 응급실에 다녀오는 경우는 흔치 않다. 응급실 '다녀온' 이야기도 흥미롭다며 인터넷에 썰로 돌아다니는데, 하물며 매일 출퇴근을 응급실로 하면서 별의별 환자들을 접하는 의사의 이야기는 두말할 것도 없다.

나는 보통 멍때리다가 든 잡생각이라든가 혹은 일하면서 알게 된 업계 돌아가는 이야기, 우연히 접한 뉴스 등에서 소재가 잘 뽑히는 편이다. 하지만 정말로 희귀한 소재들은 비일상적인 장소라든가 뚜렷하지 않은 기억처럼 일반적이지 않은 원천들로부터 캐내는 경우가 많다. 예를 들어 여행 가서 겪은 일이라든지 어렸을 때의 희미한 추억, 잘못 기억한 동화 등은 희한한 소재가 궁할 때마다 꺼내어 보곤 하는 대표적인 소재 서랍들이다.

그중에서도 특히나 가장 많이 들추어 보는 서랍은 바로 '꿈'이다. 고등학교 동창 중에는 흑백 꿈을 꾼다는 친구도 있었는데, 그 얘기를 듣지 못했더라면 아마 나는 지금까지도 당연히 모든 사람이 총천연색의, 현실보다도 더 다채로운 꿈을 꾼다고 믿고 있었을 것이다. 그만큼 꿈속 세상은 어른이 된 지금까지도 나에게 비현실적이고 아름다운 이야기로 가득한 공간이다.

일례로 한 번은 SF영화 같은 꿈을 꾼 적도 있다. 주인공은 사설탐정으로 살아가는 안드로이드였다. 그는 호수 바닥에 가라앉은 무언가를 찾아달라는 의뢰를 받았다. 안개가 낀 잿빛의 음울한 날씨였고, 물도 흙탕물이라 시야를 확보하기가 도저히 불가능했다. 그래도 안드로이드는 평소 의뢰를 수행했던 것처럼 묵묵히 이런저런 도구들을 시도해가며 뿌연 호수 아래를 탐색했다. 그런데 그가 발견한 것은 뜻밖에도 '누군가의' 시신이었다. 그가 너무도 잘 아는 누군가의.

이 정도 꿈이라면 암울한 미래 도시를 배경으로 한 SF영화의 도입부로 써도 좋을 만큼 설정도 구체적이고 분위기도 독특하지 않을까?

아마 어렸을 때부터 만화를 많이 보고 자랐던 탓인지, 하늘을 날아다니거나 마법이 등장하는 판타지풍의 꿈도 자주 꾸는 편이다. 보통 어른들이라면 으레 아이들에게 'TV는 바보상자'라고 가르치면서 영상은 멀리하고 책을 많이 읽게 하기 마련이다. 그러나 나의 유년 시절 어른들은 정반대였다. 아버지와 고모들께서는 "우리는 이런 재미있는 걸 못 보고 자랐으니 너라도 마음껏 보게 하면서 우리의 한을 풀겠다"라는 주의셨다.

덕분에 집에는 늘 애니메이션 비디오테이프가 몇 편씩 비치되어 있었다. 심심하면 손을 뻗어서 아무거나 한 편을 집어 들었고, 이미 봤던 비디오를 몇 번이고 돌려보기도 했다. 그런데 TV 맞은편에는 전래동화전집과 위인전 세트 또한 수북하게 쌓여 있었다. 아무리 일러스트가 잘 그려진 어린이책이라 할지라도, 텍스트에서 주워오는 이야기라면 어쩔 수 없이 머릿속으로 장면을 상상해내야 했다. 이때 애니메이션이 좋은 참고 수단이 되어 생생하게 이야기 속 장면들을 머릿속으로 그려낼 수 있었다. 그야말로 애니메이션과 이야기책이 시너지를 낸 셈이다.

그러니까 어른이 된 지금도 꿈속에서 마법 세계를 제법 생생하게 접하는 이유는 바로 이 '종합 엔터테인먼트 룸' 같았던 환경 덕분이 아니었을까, 라고 어렴풋이 추측하고 있다. 그래서 이 3n 살의 어른이는 며칠 전 꿈속에서 또다시 한 차례의 마법 전쟁에 참전하고 만 것이다…….

꿈속 전쟁은 그 규모가 어마어마했다. 요즘 RPG 게임들 광고 영상 나올 때 보이는 종족 간의 초대형 전투, 딱 그런 모습이었다. 게다가 꿈속 전쟁은 그 마무리도 다분히 판타지다웠다. 메인 등장인물의 머리카락과 눈동자가 무려 푸른 수정(!)으로 변하면서 강력한 힘을 얻고 전쟁을 종식했기 때문이다.

그밖에도 꿈에서 별의별 일들을 참 많이도 겪었다. 중세 배경의 여관 주점에서 대마녀와 함께 맥주 한잔을 걸치기도 하고, 어느 날 문득 마법 재능을 깨우치고는 퇴마 별동대(?)에 합류하기도 했다. 그런 꿈을 꿀 때마다 캐릭터의 인상착의와 공간의 분위기, 대사까지 모든 게 생생한 형태로 구현되었으니, 그대로 퍼와서 소설의 한 장면으로 써먹으면 되는 일이었다.

하지만 안타깝게도 이런 판타스틱한 소재들은 꿈속에서나 얻을 수 있지, 두 눈 말짱하게 뜨고 있는 맨정신으로는 상상해내기가 어려웠다. 특히 퇴근 후에 글을 쓰려고 책상 앞에 앉을 때면 더 그랬다. 머리를 아무리 쥐어짜도 그저 그런 서사와 밋밋한 캐릭터밖에 떠오르지 않았다. 하기야 낮 동안은 회사에서 엑셀 파일 매만져가며 숫자를 맞추는 등 좌뇌만 주야장천 쓰다 왔으니 뇌의 말랑한 영역이 실종되는 게 당연했다.

글 쓰려고 마음 잡고 노트북을 열었는데, 단 한 글자도 뭘 써야 할지 모르겠을 때의 착잡함이란……. 전업 작가도 아니니까 생업을 놓지 않으면서 겨우겨우 글 쓸 틈을 만들었건만, 정작 쓸 게 없다니! 그럴 때면 세상 모든 상상력과 창의력은 오로지 선택받은 몇몇 유명 작가들만의 몫인 것 같고, '역시 나는 작가가 되기는 틀렸구나' 싶은 무기력감에 허탈해졌다. 과장처럼 들릴지 몰라도, 진짜 좀 모든 게 허무하게 느껴진다.

어쩌면 창작자들이 마약에 손을 대는 이유를 조금은 알 것 같아지는 지점이다. 얼마나 착상이 절박했으면 환각 증세에까지 손을 뻗었을까? 중독적이고 자기 파멸적인 선택인데도 아랑곳하지 않고 말이다.

공감이 가는 것과는 별개로, 마약은 아무래도 좀 범죄다 보니까 손을 대지 않고 있다. (지금 무슨 당연한 말을……?) 게다가 창작을 위해서 마약을 한다는 주장은 거의 다 자기합리화일 뿐이라고 믿는 편이기도 하다. 이런 걸 하나둘 받아주기 시작하면 이 세상은 예술가를 사칭하는 범죄자들로 들끓을 것이다.

마약 대신 선택한 방법으로, 재미있는 꿈이 기억에서 날아가기 전에 메모를 열심히 해두고 있다. 보통은 굵직한 내용만 좀 기록하는데, 좀 많이 흥미로웠다 싶으면 약간 시간을 더 들이며 다듬어서 짤막한 소설 형태로도 만들어 두었다. 그 기세로 단숨에 완성작을 만들어낸다기보다는, 단편이나 혹은 어떤 도입부 정도에 머무르곤 했다. 그래도 나중에 언젠가 들춰봤을 때 '대강 이런 컨셉의 소설로 만들 수 있겠네' 싶은 정도의 기록이 남도록 하는 것을 목표로 삼고 있다.

다르게 표현하자면, 이야기가 밋밋하지 않나 싶을 때 살짝 뿌려주면 딱 좋을 특제 소스를 시시때때로 만들어서 쟁여 두고 있다. 정확히 언제 어떻게 쓰일지는 알 수 없지만, 사람 일이란 혹시 모르니까. 언젠가는 소설 속 대마법사가 마법 전쟁을 끝장내는 장면을 그릴 일이 생길지도 모른다. 그러면 그때 그저 식상하게 '파이어볼을 내리꽂았다'가 아니라, '그녀의 머리카락과 눈동자가 푸른 수정으로 변하며 강력하고 눈 부신 빛을 사방으로 내뿜었다'라고 묘사할 수 있지 않을까?

그래도 꿈으로부터 소재를 얻는 데에는 한계가 있다. 여기에는 운이 따라야 하기 때문이다. 몇 날 며칠을 꿈 없이 깊은 꿀잠을 잘 수도 있고, 그간 모아 놓은 꿈의 기록들이 많이 없거나 혹은 있더라도 영 변변찮을 수도 있다. 그렇다고 해서 '앗 꿈이 모자라군! 오늘은 꼭 재밌는 꿈을 꿔야겠어.'라며 마음먹고 의지적으로 잠든대도 환상적인 꿈나라가 보장되지는 않는다. 사실 어릴 때는 하늘색 모자를 머리맡에 걸어놓고 자면 꽤 효과를 보곤 했는데, 이것도 열 살이 지나고 나니까 효험이 없어졌다.

글에 희한한 소재를 투입하고는 싶지만 꿈속 소재에 기댈 수 없는 날에는, 꿈 대신 '물건이 말을 하게 하기'를 시도해 보곤 한다. 꿈에서 소재를 캐오는 방법에 비해 어찌 보면 인위적이고 고리타분해 보이기도 하는 방식이지만, 의외로 언제 어디서나 100% 먹히는 야비할 정도로 효과적인 치트키다.

〈브뤼셀에서 우연히 말하는 장미꽃을 만날 확률〉이라는 제목으로 블로그에 올린 짧은 소설을 쓸 때 이 수법을 제대로 써먹었다. 소설 속 주인공 '유영'은 브뤼셀 여행 중에 의문의 노파로부터 기념품을 구입한다. 그 후 우연히 들른 꽃집에서 '말하는 장미꽃'을 마주치고, 덕분에 여행의 마지막 날을 특별한 추억으로 남기게 된다는 몽글몽글한 이야기다.

그러나 처음부터 이 내용을 소설이라는 형태로 쓰려고 마음먹은 것은 아니었다. 여행지에서의 여유로움, 그리고 뻔한 여행 코스에서 벗어나 나만의 추억을 남기는 여행 스타일의 매력을 이야기하고 싶었다. 상술한 감성만 전달된다면 그게 에세이든 소설이든 딱히 상관없었다.

그래도 웬만하면 뻔한 힐링 여행기보다는 조금 더 인상 깊고 독특한 글을 쓰고 싶었다. 이런 까닭으로, 앞뒤 재지 않고 뭔가가 주인공에게 화두를 던지도록 하는, 그럼으로써 식상한 여행을 탈피하도록 간섭하는 어떤 매개체를 집어넣어 봤다. 그 결과 단순히 화자가 '이러이러해서 나만의 여행 루트를 만들고 그대로 다녔다. 참 재미있었다.'라며 혼자서 북 치고 장구 치는 식상한 전개를 피할 수 있었다.

어떻게 보면 '물건이 말을 하게 하기'에는 필승전략이 될 수밖에 없는 이유가 있다. 우선은 앞서 이야기했던 '대화'라는 비법 소스가 필수적으로 탑재되어 있다. 그리고 '구조'도 밀키트처럼 기본 구성품이 서비스로 제공된다. 입이 달리지 않은 사물이 말을 하게 하려면 몇 가지 요소가 반드시 반영되어야 하기 때문이다. 우선은 주인공이 '말하는 물건'과 첫 대화를 나누는 장면이 필요하다. 그다음에는 이 물건이 어쩌다 말을 하게 되었는지에 대한 설명이나, 대화를 통해 주인공에게 숨은 조력자가 되어준다든지 하는 '등장의 목적과 사연'이 후속 장면으로서 자연스럽게 연출된다. 그뿐만 아니라, 참신한 소재로서의 '의외성'도 타고난다. 인공지능 스피커가 아닌 이상, 현실에서는 물건이 말을 하는 경우가 거의 없다. 인간은 본디 신기한 현상에 눈이 가기 마련이므로, 이야기에서 '원래 같았으면 말을 하지 못했어야 할 것'이 말을 하고 있으면 일단 뭐라고 하는지 들어보기 시작한다.

그럼 시험 삼아서, 평범한 문장을 한 줄 써놓고 그 뒤에 물건이 말을 하는 장면을 한 번 붙여보자. 시작은 아래 문장 정도면 지극히 평범하지 않을까?

오늘은 바이올렛의 커피하우스에 방문하기 위해 지하철을 탔다.

베케트[6]를 좋아하는 사람이라면 몰라도, 보편적인 흥미를 유발하는 글이라고 보기에는 정말 어려운 문장이다. 그런데 지금 이렇게 말하는 나도 내가 쓴 글이 뻔하고 일상적인 서술로 점철되는 불상사를 심심찮게 겪곤 했다. 글의 '노잼화'는 누구에게나 일어날 수 있는 자연재해 같은 현상이다. 한시도 방심할 수가 없으니 평소에 단단히 대비해 두어야 한다.

이제 위의 예시에서 물건이 말을 하게 해보자. 어느 지점에서 말을 하게 할까? 지하철 타려고 카드를 태깅하자마자 뭔가가 말을 걸

---

[6] 『고도를 기다리며』라는 희곡으로 유명한 작가인데, 해당 작품은 등장인물들이 "고도는 언제 오는 거야?"만 읊다가 끝난다. 심지어 고도가 누구인지조차 아무도 모른다. 얘기하고 나니까 누군가 '도대체 베케트를 모르는 사람이 어디 있다고 이리 우쭐대며 설명하는지'라며 비웃을까 겁난다. 하지만 『고도를 기다리며』는 나도 아직 너무 지루해서 끝까지 보지 못했는걸…….

어 버리면 주인공의 발이 묶인다. 그러니 이야기 전개의 진도를 빼려면 최소한 그 후가 낫겠다. 열차 안에서는 어떤 물건이 주인공에게 말을 걸 만 할까? 지하철은 사람이 많아서 앉아 가기 어려울 때가 많으니까 아마 주인공은 손잡이를 잡지 않을까? 그럼 손잡이한테 말을 시켜봐야겠다. 손잡이가 주인공에게 할 만한 말이 뭐가 있을까? 아, 주인공이 손잡이를 붙잡은 찰나를 빌미로 운을 떼어야겠다.

　　오늘은 바이올렛의 커피하우스에 방문하기 위해 지하철을 탔다. 그런데 지하철 손잡이를 잡는 순간, 어딘가 이상함을 직감했다.

　　"아 정말, 거 살살 좀 잡읍시다."

　　"으어억!"

　　나는 너무 놀란 나머지 손잡이를 화들짝 놓았다. 주위를 둘러봤다. 다들 조용했다. 역시 잠을 덜 자서 그런 탓인가? 손잡이를 슬그머니 다시 잡아 보았다.

　　"그래, 이 정도면 괜찮네. 그나저나 아까 그 보라색 머리 처자는 잘 내렸는지 몰라? 넘어질 때 머리로 떨어지던데……."

　　'잠깐, 보라색 머리라면……. 바이올렛? 것보다, 방금 손잡이가 말을 했어?!'

손잡이가 등장하지 않았다면 주인공은 아무런 사건사고 없이 무난하게 바이올렛의 커피하우스에 도착했을 것이다. 그러나 손잡이에게 뭐든 말을 시켜보려고 했더니, 어떤 사건을 전달하는 매개체 역할이라도 맡길 생각을 할 수 있었다. 그래서 '바이올렛이 넘어졌다'라는 사건을 고안해내는 계기가 되었다. 덕분에 이야기의 흐름이 한결 다채로워졌다.

장미꽃이 말을 하든가, 숙주나물이나 이슬이 말을 하든가. 하여튼 입이 안 달린 물건이 말을 하기 시작하면 뭔 일이 생기게 된다.

설탕, 빵, 북 스탠드, 모니터, 거울, 무엇이든 좋다. 소금이 말을 하면 뭐라고 할까? 짜게 먹지 말라고? 아니면, 자기는 설렁탕을 싫어하니 도가니탕에 넣어 달라고? 소금인 주제에 설렁탕은 어쩌다 싫어하게 되었을까? 도가니탕에 안 넣어주면, 울음이라도 터뜨리려나? 그보다 소금도 눈물을 흘리나? 소금의 눈물도 짠맛이 날까? 참고로 이 설정은 복선이다. 나중에 이 책 어딘가에서 다시 등장할 예정이다. 그런데 이렇게 대놓고 얘기하면 복선이 아닌 게 되려나 ……?

말을 하지 않는 물건이 말을 한다는 사실부터가 이야기에 의외성을 부여하므로, 흥미로운 전개가 일어나기에 충분한 환경을 만들어준다. 괜히 수많은 전래동화에 말하는 물건, 말하는 동물이 등장하는 게 아니다. 대대손손 내려오는, 청자에게 호기심이 동하게 하는 전통적인 방법이다.

'도대체가 물건이 입을 떼게 하려면 무슨 사연이 있었던 걸까?'

'이 말을 들은 주인공은 무슨 선택을 하게 될까?'

'그다음 이야기는 어떻게 펼쳐지는 거지?'

아무리 재미없는 글일지라도, 그 속에서 어떤 물건이 말을 하기 시작하면 분명 재미있어진다. 자신하건대 물건의 입장 표명은 작가의 뇌가 팡팡 돌아가도록 만드는 기폭장치다.

다만 꿈이든 입 달린 물건이든, 희한한 소재를 집어넣는 실험에는 나름의 고충이 있다. 막상 쓰려고 하면 '이런 내용을 써도 될까?' 하는 망설임이 따라오기 때문이다.

'마녀랑 얘기하는 꿈이라니. 어린이용 동화책도 아니고, 너무 유치하지는 않을까?'

'이 정도면 희한한 소재를 발굴한 것 같긴 한데. 과연 이걸 가지고 한 편의 글을 만들 수 있을까? 고작 문어 다리 하나 얻었다고 해서 5성급 호텔 요리를 만들어 낼 수 있는 건 아니잖아.'

'말하는 장미꽃을 등장시켜볼까? 아냐, 〈미녀와 야수〉에 나오는 말하는 촛대랑 다를 게 뭐가 있어. 글의 소재로 사용했다가는 남들한테 보이기도 부끄러워질 거야.'

'희한한 소재는 발굴했지만, 너무 지나치게 희한한걸……. 사람들이 내 정신상태를 걱정하면 어떡하지?'

이런 건 정말 어디 가서 얘기하기도 민망할 정도의 고민거리다. 작가로서의 어려움이라 하면 으레 좀 '있어 보이는' 문제들이 떠오르기 마련이다. 예를 들면 예술적 글쓰기와 상업적 글쓰기 사이에서 고민한다든지, 다소 디스토피아처럼 보일지언정 현실을 적나라하게 보여주는 글이 좋을지 등의 논제들이 나올 것만 같다. 그런데 고작 '이거 이대로 써도 되나?' 따위로 우물쭈물한다니. 이런 문제로 고민한다는 사실 자체가 아마추어 같아서 자괴감이 들고 만다.

하지만 걱정하지 않아도 된다. 일단 펜을 들고 희귀재료를 투입해 보자. 해결책은 얼마든지 찾을 수 있으니까. (게다가 문어 다리는 한 짝만이라도 잘만 요리하면 엄청나게 맛있다.)

먼저, 떠올린 소재가 너무 유치할까 봐 걱정이라면? 우선은 마음 놓고 초안부터 써보자. 그런 다음, 내용이 유치하지 않도록 정제 작업을 해 주면 된다. 예를 들어, 공주를 구하러 간 용사가 막상 용을 무찌르러 갔더니 용이 채식주의자여서 싸우기가 애매해졌다는 아이디어를 떠올렸다고 쳐 보자. 소재만 놓고 보면 공주님도 나오고 아주 유치한 동화 이야기에 불과하지만, 여기서 어떻게 조금씩 비틀어주느냐에 따라 충분히 성숙한(?) 소설로 변신할 수 있다. 어쩌면 용이 채식주의자가 된 이유를 파헤쳐 보는 쪽으로 전개를 시킬 수도 있고 말이다.

혹은 아예 방향을 바꿔서 당당하게 가벼워지는 전략을 쓸 수도 있다. 한 번은 인터넷에서 이런 일화를 본 적이 있다. 어떤 작가가 판타지 소설을 내어놓았더니, 댓글들이 "라이트노벨 수준"이라고 비난했다고 한다. 오타쿠가 아닌 분들을 위해 참고로 설명하자면 라이트노벨은 가볍게 읽을 수 있는, 그리고 만화를 연상시키는 듯한 삽화와 서술을 가진 소설을 말한다. 아니, 기껏 힘들게 쓴 판타지 소설을 보고 라이트노벨이라고 폄하하다니. 이런 원초적인 비난을 받은 작가였지만, 그는 결코 눈물을 흘리며 물러서지 않았다. 그 대신, 아예 장르를 라이트노벨로 틀어서 일본 시장으로 진출해 히트를 쳤다. "세상이 당신에게 레몬을 던진다면, 그것으로 레모네이드를 만들어라"라는 격언을 몸소 실천한 사람이었다.

또는, 소재가 참신하기는 한데 너무 말도 안 되거나 도덕적으로 문제시될 법한 내용이라 고민일 수도 있다. 그런데 이건 정말 걱정 안 해도 된다. 왜냐면 이미 그런 작가들이 널려 있으니까.

그 유명한 무라카미 하루키의 소설들만 해도, 읽다 보면 '이 사람은 성도착자가 아닐까?' 싶은 생각이 들곤 한다. 어쩌면 그렇게 매번 소설에 섹스가 등장하는 걸까? 게다가 묵직한 비중을 가지고, 다소 기괴한 분위기마저 풍기면서 말이다. 그런데도 그는 베스트셀러 작가다.

심지어 영화 〈저수지의 개들〉이나 〈킬 빌〉처럼 피가 사방으로 튀는 영화를 만든 감독들도 '거장' 소리 들으면서 떵떵거리며 잘살고 있다. 향수를 만든답시고 멀쩡한 사람을 죽여버리는 미친 소설도 있고, 그 소설이 좋다며 영화로도 만드는 것이 우리 인류다. 이런 걸 보면 세상은 의외로 작가들에게 관대한 모양이다.

다만 사회생활을 지속해야 하는 개인 입장에서는 그런 실험적인 소재를 글에 녹여낸 이후의 주위 시선이 걱정될 수는 있다. 그러나 만약 그런 이유로 머뭇거리고 있다면, 의외로 세상은 무관심하니 걱정하지 않아도 된다고 말해주고 싶다. 약간 쓸쓸하긴 해도, 이것이 바로 무명의 특혜랄까?

그래도 여전히 걱정된다 싶으면 익명으로 글을 쓰는 방법도 있다. 어쨌든 어디에라도 일단 써보는 것이 중요하다. 그래야 자신이 쓴 글을 두 번 세 번 다시 읽어보고, 소재를 녹여낸 방식도 찬찬히 퇴고하면서 본인만의 스타일을 건설해 나갈 수 있다.

그보다, 모든 걱정을 덮어놓고 자신에게 한 번 질문해보자.

'나는 내가 공들여 쓴 글이 노잼인 사태를 내버려 둘 자신이 있는가?'

글쎄. 일단 나는 자신이 없다. '이런 식으로 실패작을 하나둘 방치한다면, 내 인생도 전반적으로 실패작이 되는 것은 아닐지' 하는 과대망상 때문에…….

그러니 너무 고민하지 말고, 차곡차곡 모아 두었던 희한한 소재 창고를 뒤적이자. 순하디순한 맹탕이라도 독특한 향신료를 뿌려주면 별미가 될 수 있다. 희한한 소재를 넣으면 심폐소생이 가능하고, 심폐소생을 시도하면 내 글을 살릴지도 모르는 일이다. 망설이지 말고, 츄라이 츄라이!

소생술 4. 에피소드를 곁들인다

  레프 톨스토이의 『안나 카레니나』를 들어보지 못 한 사람은 거의 없을 것이다 (만약 못 들어봤다면 미안합니다). 그래서 하루는 이 책이 왜 그렇게 고전으로 칭송받는지 궁금해서 전자책을 구매해 읽어 보았다.

  와, 읽으면 읽을수록 경이로운 책이었다. 그전까지 내가 알던 톨스토이는 "바보 이반"이라거나 "사람에게는 얼마만큼의 땅이 필요한가"처럼 어린이가 읽기에도 무리가 없는 소설만 쓰는 사람이었다. 그러나 『안나 카레니나』는 그 당시 러시아 귀족의 삶을 사실적으로 묘사하면서도 다양한 인물상을 제시하고 있었다. 무엇보다 마치 폭주하는 기차처럼 파멸로 치닫는 주인공 '안나'와 그를 둘러싼 인물들의 심리 묘사란!

그러나 가장 큰 반전은 책의 마지막 페이지에서 일어났다. 그 두꺼운 소설책이 고작 '제1권'이었던 것이다! 뒤늦게 찾아보니 이 소설은 2권도, 3권도 있었다. 전자책은 단말기를 켜자마자 표지 대신에 바로 본문부터 보이니까, 지금 읽고 있는 책이 단행본인지 아닌지는 처음 결제할 때가 아니고서야 알 길이 없었다. 어쩐지, '이제 정말 몇 페이지 안 남았는데 마무리를 어떻게 할 셈이지?' 싶더니만.

전 세계적으로 유명한 불후의 명작인, 그러나 이토록 살짝 좀 장편인 이 소설. 진짜로 끝까지 다 읽어본 사람은 몇이나 될까? 아마 제목만 들어봤지 실제로 읽은 사람은 의외로 많지 않을 것 같다.

그런데도 『안나 카레니나』의 첫 문장은 누구나 안다.

"행복한 가정은 모두 고만고만하지만 무릇 불행한 가정은 나름나름으로 불행하다."

행복한 가정은 다들 흠잡을 데 없는 모습인가 싶다. 부모님도 정상인이고, 아이들도 정상인, 가족 간에는 서로를 아껴주고, 돈 때문에 다툴 일도 딱히 없고. 학생으로 치면 과목별로 평균 이상은 하면서 어디 하나 특별히 뒤처지는 분야가 없는 셈이다. 참, 여기서 정상인은 '성격파탄자가 아닌 사람'을 뜻한다.

반면에 불행한 가정은 그 모습이 천차만별이다. 어느 집은 부모가 애들을 때려서 경찰이 들락거린다. 또 어느 집은 알코올 중독자나 도박중독자가 있어서 온 가족이 수렁 같은 삶에서 헤어 나오지 못한다. 사기를 당해서 빚더미에 올라앉은 가정도 있고, 혹은 처음부터 사기당할 것도 없이 찢어지게 가난해서 하루하루가 돈 때문에 고통스러운 가정도 있다.

글도 마찬가지다. 재미있는 글들은 다들 재미있을 만한 요소를 두루 갖추고 있다. 전개의 짜임새도 절묘하고, 등장인물은 매력적이며, 다채로운 에피소드로 이야기가 풍성하다. 어느 하나 유별나게 좀 처진다 싶은 부문이 없이 모두가 평타 이상이다.

반면에 일명 '노잼' 글은, 하여튼 다양한 포인트로 노잼이 되어 있다. 황당무계하고 연속성도 없는 클리셰 대잔치인 소설도 있고, 큰따옴표만 나왔다 하면 도대체 누구의 발화인지 알기 어려울 정도로 인물들 특색이 없는 글도 있다. 그런 글에서 큰따옴표로 대화가 이어질 때는 '~가 입을 열었다'라고 알려준 부분을 찾은 다음, 마음속으로 홀짝을 세듯이 짚어 내려가야 비로소 일곱 번째 큰따옴표가 누구의 말인지 알 수 있다.

그 가운데서도 굉장히 흔하게 관찰되는 노잼 특성이 하나 있으니, 바로 '에피소드가 0개인 글'이다.

다채로운 에피소드가 실종된 글의 경우, 열에 아홉은 뜬구름 잡는 이야기만 하다가 끝난다. 어려운 비평이나 철학책을 읽을 때 잠이 솔솔 오는 이유가 바로 이 때문이다. 그런 글에는 '기의와 기표'라느니 '이드와 초자아'라느니 하는 추상적인 용어들만이 난무할 뿐이다. '무의식의 세계를 탐험하러 떠난 용감한 소년의 일화' 같은 것은 어디에도 없다.

왠지 '그건 당신의 지성이 부족한 탓'이라는 반박이 들리는 것도 같다. 하지만 영문학 시간에 비평을 다룬다거나 경영학 수업에서 어떤 공식을 유도할 때면 (급변하는 경영환경에서 '공식'이라니, 철학이나 다름없다고 생각한다), 항상 수많은 학생이 졸았기 때문에 나름 합당한 주장이라고 믿고 있다.

반면에 교수님이 당신의 흥미로운 과거 에피소드를 슬슬 풀어놓으면 그때까지 꾸벅꾸벅 졸던 학생들이 다시 살아났다! 하기야, 대학생 시절 교정에서 같이 술 마시던 친구 놈 하나가 갑자기 석상 위로 기어올라가서는 추락해서 앰뷸런스에 실려 갔다는데, 눈이 번쩍 뜨이지 않을 수가.

그만큼 에피소드란 파워풀한 것이다.

그렇다면 이 '에피소드'라 함은 무엇일까? 에피소드는 '일화'라고도 하는데, 사전을 찾아보면 "남에게 알려지지 아니한 재미있는 이야기, 어떤 이야기나 사건의 줄거리에 끼인 짧막한 토막 이야기[7]"라고 그 뜻을 정의하고 있다. 메인 서사라고 보기에는 조금 어렵지만, 전반적인 이야기의 내용을 풍부하게 만들어 주는 서브 역할을 해 주는 작은 이야기들인 셈이다.

특히 위인전을 읽다 보면 에피소드를 흔하게 만날 수 있다. 뉴턴은 나무 그늘에서 쉬던 중에 머리 위로 떨어진 사과를 맞고 중력의

---

[7] 표준국어대사전 참고

개념을 떠올렸다고 하고, 발명왕 에디슨은 어릴 적에 부화가 궁금해서 거위알을 품었다고 한다. 그러나 이런 에피소드들이 사실인지 아닌지는 아무도 모른다. 뉴턴도 그저 사과를 보고 영감을 얻었다고만 했지, "사과가 머리 위로 떨어지는 바람에 지구와 사과가 서로 끌어당긴다는 아이디어에 착안하여 중력의 개념을 만들었다!"라고 말한 적은 없다고 한다.

그런데 흥미롭게도, 에피소드를 듣는 입장에서도 딱히 사실 여부에 연연하지 않는다. 그저 '아, 그만큼 뉴턴이 항상 과학적 탐구에 푹 빠져 있었구나', '에디슨은 어렸을 때부터 호기심이 강했나 보네' 하는 식으로 받아들일 뿐이다.

물론 에피소드라고 해서 뉴턴이나 에디슨처럼 인물의 긍정적인 측면만 부각해 주는 종류만 있는 것은 아니다. 아이폰의 창시자 스티브 잡스는 그가 성격파탄자라는 소문을 뒷받침해 주는 일화를 줄줄이 달고 있다. 하지만 역시 대부분은 그 일화들의 팩트체크에 열을 올리지 않는다. 단지 '그런 증언이 한두 개가 아니라니, 모르긴 몰라도 어지간히 이상한 사람은 맞았나 보군.'하고 짐작할 뿐이다.

사실 여부와는 상관없이, 에피소드 자체는 기억에 남는다. 똑같은 이야기를 하고 있더라도, 어떤 관련 일화를 들으면 독자의 뇌는 '어? 이건 좀 흥미로운데?' 하고 관심을 기울인다. 이것이 에피소드의 강력한 일격이라고 생각한다.

말하기에 다소 부끄럽지만, 나무위키[8]의 항목들이 중독적인 이유도 이 때문이라고 생각한다. 한 번 들여다보기 시작하면 링크를 타고 다른 항목들까지 둘러보면서 1시간은 순식간에 없어져 버린다. 검증되지 않은, 그리고 어떤 부분들은 완전히 틀렸다고 밝혀진 적도 수없이 많은 위키이건만, 귀에 솔깃한 야사들이 가득 들어 있는 이 위키는 도저히 눈을 뗄 수 없는 블랙홀이다.

최근에는 단테의 『신곡』을 나무위키에서 찾은 적이 있다. 학생 때 밤에 잠이 쉽게 오지 않으면 수면제 대용으로 가끔 펼쳐본 책이었는데, 어른이 되고 나니 그 내용과 가치가 조금 궁금해졌기 때문이다.

그런데 『신곡』을 검색했다가 하단에 있던 '『신곡』으로부터 영향을 받은 작품들'이 눈길을 끌었다. 그리고 그중 하나인 〈숨겨진 숲의 비밀〉이라는 카툰 네트워크 제작의 애니메이션 항목 링크를 홀린 듯이 열어봤다. 그렇게 애니메이션에 등장하는 캐릭터 설명을 하나하나 읽다가 '잠깐, 내가 지금 왜 이걸 읽고 있지?'라는 생각에 눈을 딱 감고 화면을 닫았다.

예전에도 숱하게 반복된 패턴이었다. 뜬금없이 '잉카 제국' 항목을 읽어보기도 하고, 사연 있는 포켓몬들의 일화를 찾아다니기도

---

[8] 누구나 제작에 참여할 수 있는 일종의 인터넷 백과사전으로, 2022년 1월 기준으로는 위키피디아에 이어서 한국어 위키로 2위 규모라고 한다. 다만 정말로 '누구나' 수정할 수 있기 때문에 불확실성은 물론이고 개인정보 침해, 저작권 문제, 혐오 재생산 등 수많은 논란이 끊이지 않는다. (이마저도 위키백과의 '나무위키' 항목을 참조하여 작성함)

했다. 특히 메타몽이 뮤츠를 만들다 탄생한 실패작이라는 가설은 지금도 좀 흥미롭다고 생각한다.

유사품으로 인터넷 커뮤니티 상의 '썰'도 있다. 이런 썰들은 당최 어디까지가 진실이고 어디부터가 지어낸 거짓말인지조차 알 수 없다. 오죽하면 네이트판에 올라오는 글들은 '판춘문예[9]'라는 별명까지 얻었을까? '최근에 황당한 일을 겪었어요', '가족들이 저를 이렇게 대해서 속상한데 혹시 제가 예민한 걸까요?' 하는 식의 구구절절한 사연들은 지금 이 순간에도 수많은 커뮤니티에서 꾸준히 생산(혹은 창작?)되고 있다.

그런데 이런 글들은 댓글에서 "주작이네" 소리를 들을지언정 그 긴 스크롤을 다 내려서 끝까지 읽게 하는 마성의 무언가가 있다. 글쓴이가 말하는 에피소드 하나하나를 듣다 보면 정말로 있었던 일처럼 느껴지기 때문이다. 내 주위에 혹은 내게 언젠가 일어날 수 있는 사건이라는 생각이 들기 시작하면 나도 모르게 과몰입 상태에 빠진다. 그러다가 '가족이 잘못했네', '진짜로 그랬단 말이야? 왜 참고 사는 거야!' 하면서 혼자 시시비비를 따지는 단계에 이르러서야 또다시 괜한 일에 열을 올렸다는 사실을 깨닫게 된다.

구체적인 일화들은 그만큼 생생한 설득력을 가진다. 심지어 이는

---

[9] 인터넷 커뮤니티 중 하나인 '네이트판'과 신인 작가 발굴 공모전인 '신춘문예'를 합성한 용어. 이런 걸 볼 때마다 우리나라 사람들의 작명 센스가 굉장하다고 느낀다.

대표적인 오류 중 하나라고 하는 '권위에의 호소'마저 가볍게 능가한다.

대학생 시절, 경제학이나 경영학 수업을 들으면서 수업 내용이 잘 납득이 안 되는 때가 종종 있었다. 아예 이론 자체가 불합리해 보였다기보다는, 머리로는 이해가 되는데 가슴 깊은 곳에서는 '그런데 정말일까?' 하는 의심이 들었다.

예를 들어서 인플레이션이 심각하다고 판단되면 중앙은행이 금리를 올려서 물가를 잡으려고 한다는 내용이 그랬다. 우리나라의 중앙은행은 한국은행이고, 나는 한국은행에 한 번도 방문해 본 적이 없다. 반면에 인플레이션은 나의 삶에 아주 가까이 맞닿아 있는 문제다. 내가 사 먹는 과잣값에 직접적인 영향을 미칠 정도로 말이다. 새우깡을 더 이상 500원짜리 동전 하나로 사 먹을 수 없다는 사실을 깨달았을 때의 충격이 아직도 잊히지 않는다.

나의 삶과는 달의 뒷면만큼이나 멀리 떨어진 것 같은 어떤 기관의 금리 결정이, 여러 경제 사회적 연결고리를 타고 내 과잣값에 영향을 미친다고? 원리 자체는 알겠는데, 혹시 현실 세계를 너무 과대 해석 또는 곡해한 것은 아닐는지……?

그러다 코로나가 터지고 나서야 비로소 진심으로 납득이 되었다. 경제학 시간에 용어로만 배웠던 '경기 침체'가, 바로 이런 것이구나 할 정도로 이만큼 가까이 다가왔었다. 노동시장이 얼어붙는다는 식의 추상적인 논의가 아니었다. 이제 막 취업을 준비하던 학교 후배들은 물론이고, 이직이나 재취업을 목표로 했던 지인들도 마땅한 일자리를 구하지 못하는 현실을 옆에서 속절없이 지켜봐야만 했다. 내가 입사할 때만 해도 "이번에는 신입사원을 좀 적게 뽑네, 지난번보다 훨씬 줄었어"하는 말들이 있었는데, 코로나로 모든 게 불투명해지자 "이번에 신입사원 뽑긴 뽑는대?" 하는 메신저가 왔다.

이런 상황에서 각국의 금리정책과 그에 대한 해설을 여기저기서 주워듣다 보니 '정말로 거시경제학에서 하던 말들이 맞았군' 하고 고개를 끄덕이게 되었다. 코로나로 경기 침체가 우려되니 세상천지의 중앙은행과 정부가 합세해서 돈을 찍어냈고, 화폐량이 불어나니까 주식이며 부동산이며 모든 시장의 자산 가격이 치솟았다. 그러다가 슬슬 고용지표가 개선되는 낌새가 보이고 인플레이션도 심각한 상황이 되다 보니 정말로 중앙은행들은 금리를 올렸다.

전문 필진이 여러 차례 검수한 경제 교과서에 실린 내용도 아니었고, 학술지 논문을 구해다 읽은 것은 더더욱 아니었다. 인터넷에 돌아다니는 익명의 논평들을 보며 퍼즐을 짜 맞출 뿐이었다. 부동산 가격이 급등할 때는 '부동산 썰'을, 달러 가치가 치솟을 때는 '환율 썰'을, 가상화폐 시장이 요동칠 때는 '비트코인 썰'을, 주식시장 변동성이 커질 때는 '글로벌경제 썰'을 찾아보는 식이었다.

물론 그렇게 읽은 단편적인 해설들은 대학교에서 교수님이 무려 『맨큐의 경제학』을 짚어가며 알려주시던 것에 비해 신뢰도 측면에서 상당히 의심스러운 것은 사실이었다. 하지만 사실 여부와는 상관없이, 코로나 기간에 왕성하게 생겨났던 인터넷상의 실시간 경제 해설들은 머리로도 이해되고 가슴으로도 쉽게 받아들여졌다. 눈앞의 화면으로 '최근 1년간의 주가지수', '이 동네 대장 아파트의 최근 6개월간 실거래가격', '부동산 급등을 다룬 1988년과 2021년의 신문 기사 비교' 같은 사례들을 들이미는데 뇌리에 박히지 않을 수가 없었다.

이러한 일련의 코로나와의 경제 격변기를 겪으면서 속으로 이렇게 되뇌었다.

'만약 나중에 누군가에게 경제 이론을 가르쳐 줄 기회가 온다면, 지금 있었던 일들을 꼭 알려줘야지.'

그렇다고 해서 정경대학 교수님들에 버금가는 이론적 배경지식을 갖출 자신은 없다. 배경지식이 뭐람, 심지어 일부 기본적인 내용은 아예 틀리게 가르쳐 줄지도 모른다. 하지만 수요와 공급 곡선만 그려주는 것보다는 이렇게 운을 띄우는 편이 훨씬 솔깃하지 않을까?

"경기침체라면 2020년 코로나 때를 잊을 수가 없어. 내가 신혼여행을 다녀온 직후였거든. 인천공항에서 방송이 나오더니 뜬금없이 '우한 다녀오신 분'을 찾았더랬지……."

한편, 실존하는 인물이나 현실 세계의 현상을 설명하는 데에 있어서 에피소드의 유용성만큼이나, 소설, 그러니까 정말 '대놓고 지어낸 이야기'의 인물을 그릴 때도 에피소드를 넣으면 인물을 훨씬 입체적으로 나타낼 수 있다.

비교를 위해서, 어떤 가상의 소설 속 인물 '줄리엣'을 가정해 보자. 그의 성격을 묘사하는 분량은 어쩌면 아래처럼 딱 한 줄에 불과할 수도 있다.

줄리엣은 활발한 성격의 특이한 소녀였다.

활발한 성격의.

특이한 소녀.

글쎄, 어떤 식으로 활발하고 특이하다는 말인지 잘 와 닿지 않는다. 『빨강머리 앤』에 나오는, 모범생이자 마음 따뜻하고 의협심(?) 강한 그런 타입의 소녀를 말하는 걸까? 아니면 디즈니 애니메이션 〈겨울왕국〉에 나오는 안나 공주처럼 파티를 기대하고 금방 사랑에 빠지는 타입이라는 뜻일까? 가만 생각해 보니, 소녀들이란 대개 활발하고 특이한 것 같기도 하고……?

추상적인 설명은 독자의 상상력도 모호한 방향으로 흘러가게 한다. 자칫하면 독자는 작가가 의도한 바와는 전혀 다른 형태의 캐릭터를 머릿속에서 창조해 버릴 수도 있다.

물론 다소 느긋한 성격의 작가라면 '독자가 어떻게 상상할지 기대되는걸?'이라며 태평하게 생각할 수도 있겠다. 하지만 그런 식의 준비성으로 과연 완성도 높고 짜임새가 촘촘한 작품이 나올 수 있을지는……. 글쎄, 확률에 맡기는 도박이 아닐까? 하긴 바닷물에 번개를 100경 번 내려치면 확률적으로 유기 생명체가 탄생할 수도 있다는데. '운 좋게 탄생하는 좋은 글' 정도는 충분히 가능성이 있을지도 모르겠다.

하지만 어쨌든 그것도 '100경 번 내려친다'라는 고생스러운 가정이 전제되어야 하는 일이다. '경'이라니, 초등학생 시절에 친구들이 내 이름을 가지고 '이경란 이조란 이억란' 했던 것 빼고는 쓴 적이 없는 단위다. 게다가 강태공처럼 독자들을 내버려 두는 것은 독자들에게 조금 불친절한, 그래서 그들을 지루하게 만드는 셈이 되어 버리지 않을까?

만약 스스로가 강태공 스타일이 아니라고 생각한다면, 인물의 성격을 유추할 수 있는 일화를 넣어주자. 예를 들어서 아래와 같이 줄리엣의 일화를 곁들여 준다면 더욱 구체적으로 인물을 묘사할 수 있다.

줄리엣은 활발한 성격의 특이한 소녀였다.

한 번은 해변을 산책하다 말고 우쿨렐레 연주자한테 대뜸 말을 건 적도 있었다고 한다. 이유는 단순히 "우쿨렐레 소리가 듣기 좋아서"였다나? 뭐, 여기까지는 그럴 수 있다. 누구든 여행지에서는 들뜬 마음이 되고, 거리의 악사에게 동전을 던져줄 수 있는 법이니까. 그래도 그렇지, 생판 초면인 사람한테 다짜고짜 합동 공연을 제안하다니? 「제주도 푸른 밤」 연주해 주면 노래해 줄게!"라면서 말이다. 게다가 그 길로 집에 쳐들어가 갈비찜과 흰쌀밥까지 두둑하게 얻어먹었다는 이야기를 들었을 때는 보통내기가 아니라는 생각밖에 들지 않았다.

　아무리 이 세상에 쾌활한 소녀들이 많다고는 해도, 저렇게까지 명랑한 케이스를 찾기는 쉽지 않을 것 같다. 그리고 이제 저 에피소드를 들은 독자는 줄리엣이 어떤 친구인지 딱 느낌이 온다. 저 친구가 또 무슨 해프닝을 벌일지, 이야기의 흐름에 예의주시하기 시작하는 것은 물론이다.

　누군가에 대해서 단순히 '그 사람 성격은 이러이러하다던데'라고 듣고 어렴풋하게 상상하는 것과 실제로 어떤 일화들이 있었는지를 전해 듣는 것은 현실감에 있어서 상당히 큰 차이가 있다. 마리 앙투아네트는 그가 "빵이 없으면 케이크를 먹으면 되잖아?"라고 말했다는 일화 때문에 공분을 샀고, 짱구가 오늘도 장난을 칠 것 같은 이유는 수많은 전적이 있었기 때문이다.

　물론 마리 앙투아네트는 실제로 그런 발언을 한 적이 없고 (날조된 누명이라고 한다), 짱구는 애초에 실존 인물도 아니다. 그런데도 에피소드는 그들이 생생한 인물로 머릿속에 그려지도록 해 준다.

　그러나 에피소드를 담는 작업은 다소 수고스럽다. 특히 소설의 경우는 더욱 그렇다. 실존 인물이야 그의 행적 중에서 하나를 적당히 골라오면 되지만, 소설 속 인물은 아예 성격이나 환경 등 모든 요소를 함께 정해가면서 꾸며내야 한다.

조금 전에 잠깐 등장했던 줄리엣만 봐도 그렇다. 성격을 묘사할 때 딱 한 줄 적었던 버전에 비해, 줄리엣의 일화를 넣어주려고 하다 보니 한 번 더 여러 가지를 고민하게 된다. 활발하다면 어느 방면으로 활발하고, 특이하다면 어떤 형태로 특이한 캐릭터를 그리면 좋을까?

따라서 글 쓰는 입장에서는 더 많은 설정을 구상해야 한다. 그리고 각각의 설정이 서로 배치됨 없이 자연스럽게 이어지도록 계산도 꼼꼼히 해야 한다.

그래도, 비록 머리는 아플지언정 이왕 글을 쓸 때는 애정과 정성을 담아서 더욱 밀도 있게 쓰는 편이 더 바람직하지 않을까 하고 생각한다. 최대한 친절하게 글을 풀어내는 것은 곧 나의 글에 귀를 기울이러 온 고마운 독자들을 위한 최소한의 배려이기 때문이다.

그러나 요즘에는 자기 하고 싶은 말만 하는 사람들이 너무 많다. 앞뒤 문맥은 뚝 잘라 먹고, 상대방이 이해하든지 말든지 본인 할 말 끝났다고 더 이상의 이야기는 풀어주지 않는 것이다.

그런 글을 보면 속상하다. 나는 저 사람이 무슨 말을 하는지 들어보고 싶어서 귀를 기울여 봤는데, 깊은 속마음은 꺼내지 않고 오로지 알 수 없는 본인만의 캐치프레이즈만 반복해서 읊고 있는 기분이다. 교과서의 수학 공식이든, 에세이의 주제 의식이든, 환경운동가의 구호든, 장르를 가리지 않고 불쑥 마주치게 되는 그런 부류의 말들은 어쩐지 하나같이 빙빙 돌고만 있다. 그렇게 조금 듣고 있다가 더 이상 개선의 여지조차 없겠구나 싶어지면, 속상함을 넘

어서 따분해진다. 아니 그래서, 무슨 이야기를 하고 싶으신 건데요
…….

　독자는 나의 글이 궁금해서 들여다보러 온 사람이다. 그러니 마
땅히 친절한 환대로 보답해야 한다. '거기, 바닥이든 어디든 아무
데나 앉으세요'하는 태도는 곤란하다.

　최대한 안락하게 내 글에 머물 수 있도록 성심성의를 다해야 한
다. 따뜻한 차도 한 잔 내어주고, 폭신한 의자도 당겨와 주면서 말
이다. 다양하고 적절한 에피소드를 제공하면서, 이야기를 충분히 이
해할 수 있도록 풍부한 문맥을 만들어 주어야 한다.

　그렇다면 작가에게 에피소드란 단순히 품이 잔뜩 드는, 그러나
독자의 이해를 구하기 위해서는 어쩔 수 없이 해야 하는 고된 작업
인가 하면 그것은 또 아니다. 에피소드를 착실히 만들어가는 과정
은 글을 쓰는 입장에서도 좋은 도구다.

　수학 문제를 많이 풀면 수리적 문제 해결 능력이 높아지고, 피아
노 연습을 오래 하면 음정 하나하나를 풍부하게 연주할 수 있다.
비슷한 원리로, 에피소드를 넣다 보면 작가는 캐릭터의 성격이라든
가 인물 각자가 처한 환경 등 세부적인 설정을 탄탄히 다져가면서
이야기를 더욱 풍성하게 꾸려나갈 수 있다. 글을 단순히 손 가는
대로 써 내려가는 게 아니라 더욱 다각도에서 조명해 보며 글이 전
반적으로 유기적으로 조직되도록 좀 더 고민해 보는 기회가 될 수
있다.

자기가 하는 이야기의 전체적인 맥락을 잘 파악하고 성심을 다해 말을 하고 있는가, 아니면 그저 단편적인 생각만을 뱉어내고 있는가. 말하는 입장에서는 '설마 안 들키겠지?' 싶겠지만, 사실 듣는 입장에서는 눈에 훤히 보인다.

그런 기준으로 볼 때, 학창 시절 선생님들도 두 부류로 나뉘었다. 하나를 물어보면 이렇게도 저렇게도 설명해 주시는 선생님이 계셨고, 한편으로는 앵무새처럼 교과서만 줄줄 읽는 선생님도 계셨다. 특히나 후자의 경우에는 '저런 식으로라면 굳이 수업을 하는 이유가 있나?' 싶은 의문이 들곤 했다. 초등학교 고학년 정도만 되어도 눈으로 읽는 속도가 훨씬 빠르니까, 차라리 교과서만 덜렁 주고 자습을 시키는 편이 시간상으로도 더 효율적이었다.

그러나 그런 선생님들은 대체로 패션센스라든가 로봇 같은 말투를 이유로 학생들이 뒤에서 몰래 조롱했기 때문에, 나까지 싫어하면 괜히 너무 안쓰러워질 것 같았다. 그래서 그저 마음속으로 '저런 선생님도 있구나' 하고 넘겨버리곤 했다.

열성적으로 수업을 준비하고 학생들을 가르친다고 느껴진 선생님들은 보통 반대의 경우였다. 한 번은 방송통신대에서 컴퓨터과학 수업을 들은 적이 있었다. 교수님께서는 통신을 위한 여러 장치들을 소개해 주셨는데, 그중 적외선을 사용하는 통신장치는 직선파의 특성 때문에 중간에 방해물이 있는 환경에서 활용하기 부적절하다는 설명을 해주셨다.

여기까지는 교과서에 있는 내용이었다. 그런데 교수님께서는 우리가 쓰는 TV 리모컨도 적외선 방식을 쓴다는 이야기를 덧붙여 주셨다.

"아마 다들 그런 경험이 있으실 거예요. 누군가 TV를 중간에서 가로막고 있으면 리모컨이 안 먹히잖아요?"

덕분에 지금까지도, 적외선은 TV 리모컨에 쓰이며 직선파의 특성이 있다는 사실, 따라서 장애물의 영향이 최소화되어야 하는 경우에는 쓰이기 적절치 못하다는 것을 잘 기억하고 있다. 애석하게도 그 밖의 파장들은 모조리 잊어버렸지만, 적어도 한 개는 건진 셈이다. 게다가 이 교수님께서는 학창 시절 교과서만 달달 외우신 게 아니라 실제 용례들을 꾸준히 관찰하면서 학문을 연구하셨겠구나 싶은 인상을 받은 것은 물론이었다.

글쓰기도 마찬가지로, 에피소드 하나 없는 작가는 그의 미진한 준비성을 쉽게 독자에게 간파당한다. 사람들은 모르는 것 같아 보여도 다 안다. 실상은 아무것도 없으면서 그럴싸하게 말만 하는 중인지 아닌지를 말이다. 에피소드가 0개라면 "음……" 하는 싸늘한 반응이 돌아온다.

자기소개서를 쓸 때 턱턱 막히는 이유도 여기에 있다. 못 쓴 자기소개서의 대표적인 예시로 자주 등장하는 표현들이 몇 가지 있다.

'화목한 가정의 몇남 몇녀 중 몇째로 태어나, 인자하신 부모님 슬하에서……'

도저히 무슨 말을 하고 싶은지 알 수가 없다. 정말로 '화목한 가정'을 강조하고 싶었다면 대표적인 에피소드를 하나라도 들고 왔어야 했다.

 '부모님께서는 대학생 때 학교에서 유명한 킹카와 퀸카셨습니다. 그래서 두 분께서는 한눈에 반하시고 결혼까지 골인하셨습니다. 덕분에 저희 집안은 아직도 알콩달콩한 분위기가 가득하고, 매년 두 분의 결혼기념일에는 가족여행을 떠나면서 브이로그를 남깁니다.'

 이 정도 에피소드도 없이 그저 할 말이 없어서 '화목한 가정'을 언급했다면, 서류 검토 담당자도 '이 친구는 할 말이 없어서 화목한 가정이라고 적었군'이라고 생각한다. 간파당하는 것이다. 반대로, 적절한 에피소드를 잘 넣어주면 이는 감탄으로 되돌아오지만 말이다.

 인스타그램의 초창기 시절을 다룬 『노 필터』라는 책이 있다. 이 책에서 저자는 인스타그램의 창업자 시스트롬과 배우 애슈턴 커처와의 인연을 소개한다. 커처는 시스트롬이 리더십 있는 사람이라는 인상을 받았고, 후에 시스트롬에게 큰 도움을 주었다고 한다.

 ……라고만 얘기하면, '도대체 무슨 리더십?'이라는 의문이 든다. 거대 SNS 회사를 일궈낸 사람이라고 하니까 그냥 하는 소리인가, 하는 의심이 모락모락 피어나도 이상하지 않다. 그러나 책에서는 다행히 커처가 시스트롬의 리더십을 인정하게 된 일화가 뒤따라 나온다. 둘은 다른 이들 몇 명과 함께 스키 캠프를 갔는데, 한밤중에 오두막에 불이 나자 시스트롬이 그 불길 속에서 다른 사람들을 일일이 대피시켰다는 것이다.

 이러면 좀 신뢰도가 올라간다. 그저 여기저기 인터넷에 올라온

글들을 모아서 짜깁기 한 책이 아니라, 여러 관계자를 실제로 인터뷰해서 만들었을 것 같은 인상을 준다. 준비성을 갖추고 철저하게 사례를 조사한 글이 되는 것이다.

에피소드를 곁들인다고 해서 꼭 어떤 한 편의 서사를 갖춘 완벽한 이야기를 가져와야만 할 필요는 없다. 때로는 짧은 문장, 혹은 단어들의 나열만으로도 글을 풍성하게 만들어 줄 수 있다.

이탈리아 여행 중에 〈유럽병이 치유되었습니다〉라는 제목으로 에세이를 쓴 적이 있다. 사회인이 되고 나서 방문한 피렌체로부터 받았던 인상을 적은 에세이였다. 그중에는 아래와 같은 내용이 있었다.

(…) 왠지 피렌체에 가면 오히려 다소 속상할 수도 있지 않을까 하는 걱정이 들었다. 10년 전에 방문했을 때 '나중에 어른 되면 여기서 살아도 좋겠다!' 싶어 하던 게 떠올랐기 때문이다. (…)

다행히도, 유럽에 오고 나니 그런 마음이 아주 많이 사그라들었다. 피렌체는 내가 알던 '사람 사는 도시'가 아니었다.

도대체 나는 왜 이런 동네에 '살고' 싶어 했을까? '역시 학생이었기 때문에 뭘 몰랐던 것이 분명하다', 그런 결론에 도달할 수밖에 없었다.

음, 무슨 소리인지는 알겠다. 유럽을 한동안 방문하지 않아서 기억이 미화되었는데, 막상 여행을 가 보니 '유럽앓이'가 말끔히 치유되었다는 내용. 하지만 왠지 좀 아리송하다. '사람 사는 도시'가 아니었다니, 그게 무슨 소리일까? '학생이었기 때문에 뭘 몰랐다'는 이야기는 또 뭘까? 물론 일상적으로도 '사람 사는 동네'라든가 '학생 때랑은 또 다르지' 등의 표현을 주고받기는 하니까, 대충 무슨 말인지는 어림짐작으로 알겠다만…….

그렇다면 아래 밑줄 친 부분처럼 몇 마디 말을 보태보자.

(…) 왠지 피렌체에 가면 오히려 다소 속상할 수도 있지 않을까 하는 걱정이 들었다. 10년 전에 방문했을 때 '나중에 어른 되면 여기서 살아도 좋겠다!' 싶어 하던 게 떠올랐기 때문이다. (…)

다행히도, 유럽에 오고 나니 그런 마음이 아주 많이 사그라들었다. 피렌체는 내가 알던 '사람 사는 도시'가 아니었다. 적어도 내가 학생 때 구경했던 중심 지역만큼은 절대 아니었다. 서울로 치면 명동, 그것도 단체 관광객이 바글거리는 테마파크 급 관광지에 가까웠다. 도로는 곳곳에서 지린내가 나고, 개 오줌인지 빗물인지 알 수 없는 웅덩이가 여기저기, 게다가 식당들은 온통 길바닥에 노천 좌석을 깔아 놓은 모습이었다.

도대체 나는 왜 이런 동네에 '살고' 싶어 했을까? '역시 학생이었기 때문에 뭘 몰랐던 것이 분명하다', 그런 결론에 도달할 수밖에 없었다. 오래된 궁전, 마차가 오가는 돌로 된 보도, 길쭉길쭉한 창문을 단 유럽풍

건물들. 그런 것에 사로잡혀서, 학생답게 샌드위치를 -- 트러플을 갈아
넣은 까르보나라가 아니라 -- 먹으며 도시의 분위기에 취했던 것이다.

훨씬 뜻이 명확해졌다. 아아, 조용한 일상생활 터전으로 삼기에는
단체 관광객이 우르르 몰려다니고 여기저기 악취도 좀 났더라는 말
이구나. 그래, 학생 때는 중세 시대를 떠올리게 하는 옛 건축물만
가득하다면야 도시가 낭만적으로 보일 법도 하겠지. 그런 것들을
보고 겪었더니 이런 생각이 들었다, 그런 말이구나.

에피소드에 서사가 있는가, 길이가 적당한가 하는 것들은 어디까
지나 부차적인 요소이다. 결국에는 글이 밋밋하거나 좀 이야기가
겉돈다 싶을 때는 어떤 형태로든 에피소드를 곁들여 주면 살아난다
는 점이 중요하다.

글이 구체적인 이야기를 담고 있을수록, 상상도 잘 되고 손에 닿
는 듯한 감각을 주면서 재미있게 읽히는 법이다.

다만 에피소드를 이야기에 삽입할 때는 다소 실무적(?)인 고민이
동반된다. 어쨌거나 메인이 되는 이야기의 어딘가에 흐름을 끊지도
않으면서 동시에 메인 이야기를 훌륭하게 받쳐주는 보조 이야기를
삽입해야 하기 때문이다. 에피소드를 넣고는 싶은데, 어느 지점에
넣어줘야 적절할까? 이야기 중간에 냅다 삽입해 버리면 흐름이 어
색해지지 않을까?

역시 이럴 때는 직접 실습을 해 봐야 한다.

자, 아래에 코딩 관련된 에세이[10]를 연습용으로 가져왔다. 여기에 '어렸을 때 퍼즐게임을 많이 해서 코딩이 게임처럼 느껴졌다'라는 에피소드를 넣어주려고 한다면, 과연 어느 정도의 위치가 좋을까?

언제나 뜻대로 프로그래밍이 잘 되지는 않았다. 내가 하는 건 정말 단순한 수준이라 대체로 왼쪽 모니터에는 인터넷에 있는 내용을 띄우고서 그걸 오른쪽 모니터의 입력창에 그대로 적어 내려가는 경우가 많다. 하지만 그런 단순한 '복붙' 수준의 코드도 뭔가가 잘 안되는 때가 (거의 항상) 생겼다.

'도대체 왜 안 되지……?'

문제를 발견하고, 원인을 찾아내고, 답을 찾는 일의 반복이었다. 머리가 탐정이 되는 기분이 자주 들었다.

시간을 들이고, 문제를 풀고, 프로그램을 만들고. 사람에 따라서 이게 비효율적이고 노동집약적인 단순 노가다라고 생각할 수도 있겠지만, 이런저런 사연을 거쳐온 탓에 개인적으로는 코딩이 재밌는 놀이처럼 느껴진다.

---

[10] 참고로 이 글은 예전에 블로그에 올렸던 〈코딩과 미술 시간〉이라는 글의 일부다. 마음 같아서는 나의 아마추어스러운 에세이 대신에 글 잘 쓴다고 소문난 유명 작가들의 책에서 예시를 따오고 싶었지만, 그러기에는 너무 한 페이지를 '뎅겅' 퍼와야 하는 상황인지라 저작권이 무서워서 그만두었다.

글쎄, 이 글 어디에 '퍼즐게임' 이야기를 넣어주면 좋을까…….
맨 마지막에 '재밌는 놀이'라는 표현이 나왔으니까, 그 뒤에 붙여줄
까?

아래 밑줄 친 부분처럼 말이다.

(…)문제를 발견하고, 원인을 찾아내고, 답을 찾는 일의 반복이었다.
머리가 탐정이 되는 기분이 자주 들었다.

시간을 들이고, 문제를 풀고, 프로그램을 만들고. 사람에 따라서 이게
비효율적이고 노동집약적인 단순 노가다라고 생각할 수도 있겠지만, 이
런저런 사연을 거쳐온 탓에 개인적으로는 코딩이 재밌는 놀이처럼 느껴
진다.

<u>자주 했던 게임 중에 "크로노아"라는 액션 아케이드 퍼즐 게임이 있는
데, 어쩌면 공들여 퍼즐 맞추기를 했던 기억이 몸에 남아 있어서 프로그
래밍의 디버깅도 일종의 게임처럼 여기는지도 모르겠다.</u>

꽤 자연스러워 보인다.

그럼 이번에는 시험 삼아서, 아예 글의 중간에 집어넣어 볼까?

'도대체 왜 안 되지……?'

문제를 발견하고, 원인을 찾아내고, 답을 찾는 일의 반복이었다. 머리가 탐정이 되는 기분이 자주 들었다. 자주 했던 게임 중에 "크로노아"라는 액션 아케이드 퍼즐 게임이 있는데, 어쩌면 공들여 퍼즐 맞추기를 했던 기억이 몸에 남아 있어서 프로그래밍의 디버깅도 일종의 게임처럼 여기는지도 모르겠다.

시간을 들이고, 문제를 풀고, 프로그램을 만들고. 사람에 따라서 이게 비효율적이고 노동집약적인 단순 노가다라고 생각할 수도 있겠지만, 이런저런 사연을 거쳐온 탓에 개인적으로는 코딩이 재밌는 놀이처럼 느껴진다.

엥? 이렇게 놓고 보니까 또 그럴싸해 보인다. 게다가 사실은 이쪽이 원문이다. 고백하자면, 아까는 일부러 원래 글과는 다르게 맨 마지막 단락 뒤에 에피소드를 붙여보았다.

그러니까 결론적으로, 의외로 에피소드 넣기는 이렇게 하나 저렇게 하나 큰 차이가 없을 수 있다. 글 쓰는 입장에서는 원문을 먼저 봤으니까 '이제 여기서 어떻게 끼워 넣어야 자연스러울까?'를 고민하지만, 독자들은 처음부터 에피소드 있는 버전으로 글을 접하기 때문에 웬만해서는 차이를 잘 느끼지도 못한다. 그러니 다시금 이야기하지만, 에피소드를 넣는 것 그 자체가 중요하다.

……라고 강하게 말은 했지만, 그래도 여전히 에피소드를 글에 자연스럽게 녹이는 방법은 언제나 고민의 대상이다. 이야기의 흐름이 어색하게 끊어지면 다 된 밥에 코 떨어뜨리는 격이 될 것 같고, 너무 인위적으로 냅다 에피소드를 등장시켜 버리면 티가 날지도 모르니까 타이밍을 잘 잡으려고 노력한다.

그러나 다행스럽게도, 정말 대개는 덜렁 등장시켜주면 그만이곤 했다. 허무할 정도다. 다만 많이 해 보지 않아서, 낯설고 익숙해서 그렇지, 몇 번 해 보면 알 수 있다.

그러니까 용기를 내서 에피소드를 곁들여 보자. 나의 글에 귀 기울이려 찾아와 준 독자들에게 내 생각을 제대로 전달할 좋은 기회다.

소생술 5. 비유를 쓴다

  영문과를 나왔지만, 스피킹에 자신이 없는 탓에 화상영어 수업을 듣고 있다.

  그런데 이 화상영어라는 게 선생님이 매번 바뀐다. 마치 앱으로 택시를 호출하면 수많은 택시 중 타이밍이 맞는 택시가 그때마다 매칭되는 방식과 비슷했다. 물론 마음에 드는 선생님의 스케줄을 미리 확인해서 예약하는 방법도 있지만, 시간을 맞추는 게 쉽지만은 않은데다 새로운 선생님을 만나서 이야기를 나눠보는 것도 나름대로 신선해서 재미있다.

  며칠 전, 처음 뵙는 선생님과 화상영어 수업을 하는데 이런 질문을 하셨다.

"영어를 배우는 목적이 어떻게 되나요?"

나는 평소 하던 대답으로 입을 열었다.

"지금은 아니더라도 언젠가 회사에서 영어 쓸 일이 생길지도 모르니까, 준비하는 차원에서 연습하고 있어요."

"아, 좋은 생각이네요. 그럼 그중에서도 특별히 노력하고 싶은 영역이 있나요? 약하다고 생각하는 부분이라든가."

"글쎄요……. 아! 요즘에는 어휘가 잘 안 떠오를 때가 있어요. 그래서 말을 하다가 막히곤 해요."

솔직히 고백하자면, 단어를 까먹는 게 순전히 영어 탓이라고 보기는 어려웠다. 평상시에 한국어로 이야기할 때도 '그 단어가 뭐였더라?' 하는 경우가 왕왕 있기 때문이다. 예를 들면 이런 식이다. "그거, 그거 있잖아. 커피는 커피인데 위에 크림 올라간. 근데 커피 마시면 크림이랑 섞여 있지는 않은." 그렇게 한참 상대방에게 설명하다가, 혼자 알아서 "아 맞다 '아인슈페너'!"라고 답을 외쳐버리기 일쑤였다. 젊은 사람이 벌써 건망증이라니…….

그런 나의 일차원적인 답이 무색하게, 선생님께서는 문득 이런 이야기를 꺼내셨다.

"음, 영어는 그림 그리기와 비슷해요."

갑자기 그림? 나는 선생님이 무슨 이야기를 하려고 그러시는지 궁금해서 귀를 쫑긋 세웠다.

"예를 들어서 풍경화를 그린다고 하면, 바다도 그리고 하늘도 그리고 산도 그리고 할 거예요. 그러려면 그림을 잘 그리는 기술도 필요하겠지만, 색을 칠할 물감도 있어야겠죠? 어휘는 그림의 물감과도 같아서, 다양한 어휘를 익혀둘수록 멋진 그림을 더 수월하게 그릴 수 있을 거예요. 그렇지만 반드시 물감이 많아야 그림을 그릴 수 있는 건 아니니까, 차츰 배워가면서 어휘를 넓혀가면 도움이 될 거예요."

나는 이때껏 이토록 아름답고 예술적으로 영어 공부를 표현한 사람을 만나보지 못했다. (그리고 이 감상을 그대로 얘기했더니 선생님께서 무척 좋아하셨다.)

어휘를 많이 배워두면 영어를 구사하는 데에 좋겠거니 하는 생각은 평소에도 가지고 있던 지론이었다. 하지만 단어 암기는 10년 전이나 20년 전이나, 그리고 지금도 여전히 고역으로만 느껴졌다. 게다가 단어를 몇 개 외운다고 해서 바로 영어 실력이 향상되는 기분이 들지도 않았다.

하지만 선생님의 이야기를 듣고 나니, 어휘 공부가 단순히 '언젠가는 해야 할 막연한 일'이 아니라 다채로운 물감을 챙기는 일처럼 느껴졌다.

이처럼 비유는 추상적인 이야기를 구체적이고 현실감 있게 만들어 준다. 두리뭉실하던 이야기도 문득 손에 잡힐 것처럼 생생한 이야기로 바꿔주는 심폐소생술인 이유다.

그런 면에서 비유는 에피소드와 비슷한 역할을 하지만, 둘은 차이가 있다. 에피소드는 예전 행적을 알려줌으로써 무언가를 유추하도록 단서를 준다. 반면에 비유는 전혀 다른 대상을 들고 와서 공통점이나 유사점을 찾도록 해준다. 별개의 것이라고 인지해왔던 대상을 누군가가 갑자기 들고 나타나서는 '비슷하지?'라고 물어오는데, 자세히 보니 아닌 게 아니라 둘이 정말 닮은 구석이 있는 셈이다. 이로써 특징은 더욱 부각되고, 결과적으로 깊은 인상을 남겨준다.

예를 들어서, 커다란 호랑이가 나오는 동화가 있다고 해 보자. 어쩌면 그 동화는 이렇게 시작할 수 있다.

그때, 아주 큰 호랑이가 나타났어요.

아주 큰 호랑이라.

필시 독자는 가장 최근에 동물원에 가서 봤던 호랑이, 혹은 인터넷에 돌아다니는 '호랑이 옆에 서 있는 사육사' 이미지들을 떠올리게 된다. 그랬을 때 과연 '헉! 커다란 호랑이 무서워'라는 반응을 할까? 그보다는 시큰둥하게 '음, 호랑이가 원래 좀 크긴 하지'라는 쪽이 아무래도 더 자연스럽다.

그럼, 여기에 아래 밑줄 친 부분처럼 부가적인 묘사가 붙으면 어떨까?

그때, 아주 큰 호랑이가 나타났어요. <u>어두운 밤이었기에 멀리서 보면</u>

코끼리로 착각할 만큼 거대한 호랑이였답니다.

호랑이는 앞발로 한 대 맞으면 날아갈 것 같아서 무섭고, 코끼리는 발로 밟히면 짜부라질 것 같아서 무서운데, 둘을 합쳤다니. 보통 호랑이가 아닌 것만은 확실하다. 도대체 무슨 사연이 있어서 이렇게 거대한 호랑이가 나타났을까? 얘기해 놓고 나니까 실제로 이 호랑이가 등장하는 동화를 만들어주고 싶어졌다. 그래서 결국 만들었다. 그렇다, 이 또한 복선이다. (갑자기?)

한 단계 업그레이드해서, 추상적인 비유가 들어갈 수도 있다. 이때부터는 비유가 문체의 일부로서 존재감을 드러낼 수도 있다. 사실 정말 갈고 닦고 싶은 기술은 바로 이 지점이다.

예전에 썼던 〈각자의 우울〉이라는 에세이에서 나는 이런 말을 하고 싶었다.

이렇게 소심하고, 쉽게 지치고, 걱정 많은 나에게, 우울은 기본적으로 늘 함께하는 감정이었다.

음……. 너무 단조롭다. 왠지 다른 데서 비슷한 글을 봤던 것 같은 기시감마저 든다.

그래서 나는 요령을 조금 부려 보기로 했다.

이렇게 소심하고, 쉽게 지치고, 걱정 많은 나에게, 우울이란 일종의 핸드폰 배경 화면처럼 항상 밑바탕에 깔린 감정으로 늘 있었다. 아무리 모든 앱을 다 꺼도, 항상 은근히 거슬리고 또 은연중에 빈 자리를 채워서 모든 것을 자연스럽게 만드는, 그런 존재로.

이제 조금 에세이처럼 보인다. 실은, 이 문단을 쓰고 나서 속으로 뿌듯했다. 우울이란 핸드폰 배경 화면과도 같다니, 정말 참신하잖아? 이런 글을 쓰고 나면 오랜만에 어떤 업적을 세운 것 같은 기분이 든다. 잠자리에 누워서까지 '오늘도 한 건 했다!'라며 내내 싱글벙글 모드다.

간혹 과거에 쓴 글을 뒤적뒤적 꺼내 보다가도, '내가 썼지만 어떻게 이런 참신한 비유를 썼을까', '지금 쓰라고 하면 못 쓸 것 같다' 하는 생각이 드는 글들이 있다. 정작 블로그에서 조회수를 올려주는 글들은 맛집 리뷰인데, 애착을 느끼고 자랑하고 싶은 글은 조회수가 형편없는 그런 글들이다.

이런 걸 보면 나는 정말 MBTI에서 I(내향형)가 뜨는 게 맞긴 맞나 보다 싶다. 다른 사람들이 '와! 정말 대단하다'라고 말해 주는 일이 없더라도 꿋꿋이 혼자 쓰고, 혼자 고뇌하고, 혼자 뿌듯해한다. 하긴 그렇게 별났으니까 이런 책도 내고 했겠지만.

다시 '추상적인 비유'로 돌아가서.

아무래도 이쪽 분야를 이야기할 때는 종교를 빼놓을 수 없다. 상대방이 말을 못 알아들은 것 같을 때는 그가 알아들을 만한 내용으로 바꾸어서 다시 말해줘야 한다. 그럴 때 많이 쓰이는 방식이 비유인데, 종교에서는 이런 눈높이 맞추기가 일상적으로 행해진다.

비록 종교에 대해서는 얕은 지식뿐이지만, 그래도 많은 종교가 저마다의 이론과 철학, 가치관을 따르고 있다는 사실만큼은 알고 있다. 그런데 그런 추상적인 개념들은 보통 좀 어렵다. 기독교의 세계관이라든가 불교의 카르마, 도교의 무위자연 같은 개념들은 한 번 들어서 이해하기 쉽지 않다. 오히려 100% 이해하는 쪽이 더 이상하다. 간혹 그런 사람이 나타나면 대대적으로 유명해져서 몇천 년 동안 지도자로 추앙받는다.

그래서 종교들은 수많은 비유를 풀어놓는다.

한 번은 고등학생 때 호기심으로 불교의 『금강경』을 읽어본 적이 있다. 불교 집안도 아니었는데 대체 왜 그랬을까? 역시 수능이든 뭐든 시험공부를 오래 하다 보면 종종 이해할 수 없는 행동이 튀어나온다.

여하튼 불교는 여타의 종교들과는 다르게, 섬기는 신이 있다기보다는 진리의 추구를 목적으로 하므로 오히려 종교보다는 철학에 가

깝다는 이야기를 들었다. 그래서 『금강경』에도 난해한 말들만 가득할 줄 알았더니만, 되려 각종 비유를 동원해가며 친절하게 뜻을 풀어주고 있었다. 예를 들면 '보이는 것에 현혹되지 말고 본질을 보라'라고 말만 하는 게 아니라, '손가락을 보지 말고 손가락이 가리킨 달을 보라'라고 하는 식이었다. 이처럼 비유적인 이야기가 많았던지라, 어떨 때는 경전이 아닌 이야기책처럼 느껴지기도 했다. 원래 기대했던 반응은 '역시 경전이라 지루하군'이었는데, 뜻밖의 내용을 마주치니 신선한 인상을 받았던 게 기억난다.

그런데 가면 갈수록 했던 얘기를 또 하고, 또 하고, …… 또 했다. 강을 건널 때 배를 탔으면 그로써 소용을 다 했으니 굳이 그 배를 짊어지고 계속 갈 필요는 없다는 둥, 비유만 '손가락 고사'에서 달라졌을 뿐 내용은 똑같았다. 결국 지나친 뇌절[11]로 인해, 책의 중반 이후로는 건성으로 읽어 내려갔다. (만약 독자분께서 불교 신자시라면 미안합니다.)

그러나 반대로 생각해보면, 만약 『금강경』에 비유가 하나도 없었어도 지금처럼 사람들이 대대손손 찾아 읽는 경전이 되었을지는 모르겠다. 나만 해도 비유를 들으며 읽다 보니 불교의 가르침이라는 게 무슨 말인지를 조금씩 이해해 나가면서 겨우겨우 읽었다. 만약

---

[11] 비슷한 농담을 반복해서 던지고 있으면 반드시 누군가가 나타나서 "1절만 해라"라며 끊어주기 마련이다. 여기서 더 나아간 버전이 '뇌절'인데, "1절, 2절, 명절에 큰 절, 카카시 뇌절"하는 식으로 바리에이션이 존재한다. 참고로 뇌절은 〈나루토〉에 나오는 카카시라는 캐릭터의 술법 이름.

비유는 깡그리 없애고 "색즉시공공즉시색"하는 말만 적혀 있었다면 바로 책을 덮었을 가능성이 농후하다.

교리 전달에 비유를 적극적으로 활용하는 모습은 다른 종교들에서도 마찬가지로 나타난다. 성경만 봐도 비유적인 표현들이 넘쳐난다. 아담과 이브가 선악과를 따먹고 부끄러워 몸을 가렸다는 이야기를 듣고서, 곧이곧대로 '기원전에는 그랬나 보군'하고 받아들이는 사람은 거의 없을 것이다. (만약 그렇게 믿는 종파가 있다면 이 또한 미안합니다.)

어려운 종교적 메시지를 쉽게 알아들을 수 있도록 하는 성경의 비유적 표현들, 그리고 그 효과를 십분 활용하기 위해 성당 천장과 벽면에 그려지던 수많은 프레스코화……. 이런 장치들이 없이, 중세시대 사람들이 일요일마다 교회에서 종교 철학 수업을 들어야 했다면 과연 신앙생활을 꾸준히 이어갈 수 있었을까? 글자도 모르던 일반인들이? 아마 다들 꾸벅꾸벅 졸다가 불경하다고 호되게 혼이 났을 것 같다.

비유는 이처럼 설명의 보조 역할로도 훌륭하지만, 때로는 글의 핵심적인 역할을 수행하기도 한다. 사물을 있는 그대로 옮긴 단순 묘사와는 달리, 좋은 비유를 통한 표현은 대상을 바라보는 작가만의 독특한 관점을 제시해주기 때문이다.

카메라가 처음 나왔을 때도 대중은 현실의 모습을 똑같이 묘사한다는 점을 신기하게 여겼지만, 한편으로는 그렇기 때문에 오히려 예술적으로는 무가치하다는 의견도 있었다. 그림을 그릴 때는 화가가 사물을 보고 느낀 바를 담아내며 정성껏 작품을 완성하는데, 사진은 버튼 하나 누르면 눈앞에 보이는 그대로가 현상될 뿐이니 이게 어떻게 예술이냐는 말이었다. 요즘이야 작가가 피사체는 물론이고 시점이나 구도, 보정 등 수많은 요소를 고려해가며 촬영한다는 사실이 상식으로 여겨지고 있지만, 그 당시로서는 상당히 일리 있는 말이었다.

작가만의 개성적인 표현이면서 동시에 이보다 더 잘 표현할 방법은 없겠다 싶도록 정곡을 찌르는 비유가 계속해서 등장하면 글이 술술 읽힌다. 마치 기차여행을 할 때와 비슷하다. 특징 없는 들판만 계속되는 풍경에는 이내 흥미가 식어서 잠들어 버리지만, 스위스의 알프스 기차에서는 창밖 구경이 그 자체로 굉장한 관광이라 시간 가는 줄도 모른다.

독창적인 비유가 유난히 돋보이는 책으로는 무라카미 하루키의 자전적 에세이 『직업으로서의 소설가』를 예로 들고 싶다. 예컨대 이런 비유가 등장하기 때문이다.

책에 관해서 말하자면 나는 <u>아무튼 실로 다양한 종류의 책을 불타는 가마에 삽으로 푹푹 퍼 넣듯이</u> 닥치는 대로 허겁지겁 읽었습니다.
 - 무라카미 하루키, 『직업으로서의 소설가』 (현대문학, 2016), p.225

단순하게 쓰일 수도 있는 문장이었다. "책에 관해서 말하자면 나는 닥치는 대로 많이 읽었습니다"라고 해도 의미상으로는 동일하다. 하지만 정도의 차이라든가 기세 같은 디테일한 뉘앙스는 잘 전달되지 않는다.

반면 "불타는 가마에 삽으로 푹푹 퍼 넣듯이"라는 말을 들으면 머릿속에 일단 시뻘건 가마가 그려진다. 마치 "분홍 코끼리를 생각하지 마"라는 말을 들으면 나도 모르게 상상해 버리듯이 불가항력적이다. 상상 속 가마 앞에는 청년 시절의 무라카미 하루키가 삽을 들고 서서 책 무더기를 마구 퍼 넣고 있다. 그 광경을 떠올리고 있자면, 그렇게나 와구와구 책을 먹어…… 아니, 읽어 치운 그의 독서량은 엄청났겠구나 싶어진다.

그밖에도 그는 다양한 비유적 표현으로 자기 생각을 전달한다. 후쿠시마 원전 사고는 경제성과 효율에만 집착했던 시대상에 대해 '청구서'가 날아온 셈이라고 표현하고, 소설가의 체력에 관해 이야기할 때는 육체적인 힘과 정신적인 힘을 자동차의 바퀴에 빗대면서 양쪽이 균형 있게 버텨주어야 하는 이유를 말한다.

무라카미 하루키는 에세이에 어쩌면 이토록 풍부한 비유를 가득 채워 넣었을까? 추측하건대 아마도 그가 소설가이기 때문에 가능했던 게 아닐까 싶다. 소설이라는 장르는 태생적으로 현실에 대한 비유나 다름없기 때문이다.

나는 일전에 〈던지기만 하라구〉라는 소설에서 현실을 빗대어 이야기를 쓴 적이 있다. 우리나라 사람들은 보통 신혼 때는 전세나 월세에서 출발하고, 몇 년간 자금을 열심히 모은 다음에 눈치를 슬슬 봐서 자기 집을 장만한다고 들었다. 나 역시 부동산은 아무래도 규모가 너무 크기 때문에, 결혼하자마자 섣불리 거금을 몰빵해서 집을 사고 싶지는 않았다. 그래서 익히 들었던 패턴을 그대로 따라가기로 했다.

후회는 전세 만기가 다가왔을 즈음에 찾아왔다. 하필이면 내가 결혼하고 나서 1~2년간이 부동산 시장 급등기가 될 줄 누가 알았을까? 어떻게든 무리를 해서라도 결혼과 동시에 아득바득 집을 샀더라면 벼락거지 신세는 면했을 텐데!

뉴스에 나오는 정치인들이 꼴도 보기 싫었다. 정치에는 크게 관심 없던 나였는데, 그들이 일명 '부동산 정책'들을 내놓으며 생계를 위협하는 방식으로 나를 도발하자 몹시 거슬리기 시작했다. 부동산 가격은 낮추겠다고 하면서, 공급을 늘리면 그로 인해 득 볼 사람이 생겨서 배가 아플 것 같으니 그것도 싫고. 공급도 수요도 둘 다 틀어막으려고 안간힘을 쓰고들 있다니, 차라리 댐에 난 구멍을 손바닥으로 막지……. 그런 틈바구니에서는 이 글을 읽고 있는 당신이나 나처럼 소소한 개인들이 얻어터질 뿐이다.

그때, 인터넷에 돌아다니던 3컷 만화가 떠올랐다. 만화에서는 강아지가 원반을 물고 주인에게 이렇게 말한다.

"던져 주세요……"

착한 주인이 원반을 던져주려고 손을 내밀자, 강아지는 여전히 입에서 원반을 놓지 않고 성질을 낸다.

"가져가지는 말고, 던지기만 하라고!"

답답한 모습이 정치판이랑 똑같았다. 그래서 그 모습을 그대로 본떠 소설을 썼다. 소설 속 주인공은 부동산을 알아보러 한 중개사 무소에 들렀다가 강아지를 만난다. 강아지는 입에 문 공을 건네주지는 않으면서 공놀이해달라고 조른다. 때마침 구석에 놓인 TV에서는 부동산 정책을 보도하는 뉴스가 흘러나온다.

그렇게 소설을 써 놓고 나니까 속이 시원했다. 대놓고 열변을 토해가며 비판하는 것보다 마음도 편했다. 소설의 형태를 취한 덕분에 특정 인물이나 정책을 꼬집어 가면서 하나하나 따질 필요도 없었다.

한 편의 수수께끼를 만드는 기분도 들었다. 나중에 누군가가 이 글을 읽으며 무엇이 무엇을 빗댄 것인지 수수께끼를 풀고, 찾아낸 답에 대해 내심 동조하는 모습을 상상하니 글을 쓰면서도 즐거웠다. 물론 무명의 블로거가 올린 소설이라 그런 다이나믹한 의견교환은 일어나지 않았지만.

드러내놓고 이야기하지 않음으로써 오히려 그 안에서 가상의 독자와 재미있는 수수께끼 놀이를 한다. 그것이 비유적 표현을 씀으로써 글에 불어넣을 수 있는 재미라는 사실을 깨달았다.

직설법 대신 비유의 수수께끼를 씀으로써 사랑받게 된 이야기는 수없이 많다. 이솝 우화만 해도 그 안에 담긴 핵심 주제 자체는 무미건조하다. 과한 욕심은 화를 부른다거나 하는 진부한 교훈들이기 때문이다. 하지만 이를 우화에 빗대어서 나타낸 결과, 대대손손 읽히는 이야기가 되었다.

단테의 『신곡』은 그 안에 담긴 비유적 표현을 풀어나가는 것 자체가 매력이다. 온갖 종교적 메타포와 신화 속 인물들, 역사적 사건 등이 등장하기 때문이다. 물론 앞서 "에피소드"를 설명하는 장에서 밝혔듯이, 그런 방면의 배경지식이 전무한 나에게는 잠이 솔솔 오는 수면제였지만……

조지 오웰의 『동물 농장』도 비유적 표현으로 유명하다. 소설은 장소를 농장으로 치환했을 뿐, 실제로는 스탈린주의를 대놓고 풍자한다. 그러나 동물들이 각각 누구를 빗댄 것인지, 소설 속 사건들이 현실의 어떤 사건을 비유하는지 직접적으로 설명하지는 않는다. 독자는 소설 속 세계와 실제 세계를 마치 평행우주를 관찰하듯 나란히 놓고, 전체적인 퍼즐을 맞추어가며 그 절묘함에 감탄한다.

이토록 재미있어지려면 한없이 재미있어질 수 있는 '비유'이건만, 안타깝게도 학교 문학 시간에는 이런 이야기를 해 주지 않는다. 기억하기로는, 비유가 무엇인지 그 정의와 유형별 구분 방법 등을 알려주는 데에만 집중했던 것 같다. '~처럼', '~같이' 등의 대놓고 비유 전용으로 쓰이는 단어를 사용하면서 '여보세요들, 저는 지금 비유를 쓰고 있단 말이죠!'라고 광고를 하면 직유법이었다. 반면에 그런 단어를 쓰지 않으면 대개 은유법이었다. 은유법의 대표주자인 "내 마음은 호수요"는 아직도 귓전에 맴돈다.

그러니까 정작 핵심적인 것은 가르쳐주지 않은 셈이다. 직유법이고 은유법이고, 그런 구분이 뭐가 대수일까? (만약 독자분께서 언어학자시라면 미안합니다. 이것으로 한 챕터에서만 세 번의 사과를 ……) 이러나저러나 비유를 쓰기만 하면 되는 일이다. 나타내고자하는 대상의 특성을 명확하게 짚어내면서도 표현이 독창적이고 신박해서 뇌리에서 잊히지 않는 비유를 실제로 '쓰는 것'이 중요하다.

하지만 사실 학교에서 가르쳐 줄 수 있는 범위는 여기까지가 현실적인 한계이지 않을까 싶기도 하다. 비유도 그렇고, 글쓰기라는 행위 자체가 하나의 기술이기 때문이다.

다른 사람한테서 전해 듣고 지식을 배운다고 해서 터득할 수 있는 분야가 아니다. 그런 면에서는 축구나 요리와도 같다. 공을 골대에 차 넣으면 골인이라는 사실은 누구나 알지만, 실제로 경기를 뛰면서 슈팅을 하는 것은 또 다른 문제다. 쌀에 물을 붓고 밥솥의 취사 버튼을 누르면 밥이 된다는 것도 누구나 상식으로 알고 있지만, 그 간단한 조리법에 실패하는 사람이 있듯이…….

결국 많이 써봐야 하지만, 지금의 교육 시스템으로는 어려운 일이다. 고등학교까지는 평가 결과가 입시에 지대한 영향을 미치는 데다, 무슨 배달앱에서 별점 높은 순으로 가게 정렬하듯이 매 학기 학생들을 점수로 줄 세우기를 한다. 이토록 예민한 판국에는 아무래도 정량평가가 정성평가보다 객관성 측면에서 선호되기 마련이다.

그 결과 "다음 중 직유법이 아닌 것은?" 하는 식의, 누가 봐도 정오가 확실한 시험을 치른다. 학사경고를 받아도 '이것이 젊은 날의 추억인가?' 하는 대학생들의 둔감함과는 차원이 다르다.

대학교에 들어가서 작문 수업을 들으면 그제야 정성평가의 입지가 조금 확보된다. 학생의 작문에 대해 참신함이라든가 글의 짜임새 등을 고려하여, 교수님의 재량으로 A+부터 D-에 이르는 성적이 매겨진다. 참고로 D-는 교수님이 '자넨 정말 별로였어!'를 돌려 말하는 방법이라고 들었다. 그래도 개의치 않는 것이 대학생이다.

그런데 비유를 쓰기 전에 주의할 점이 있다. 아무리 비유를 십분 활용해서 어려운 수수께끼처럼 이야기를 꼬아 놓더라도, 누군가는 그걸 풀기 때문이다. 특히 사람은 다른 건 몰라도 자기 욕하는 말은 귀신같이 알아차린다. 따라서 비유적인 표현을 통해 누군가를 은근히 조롱한다면, 조롱당한 상대는 비유 뒤에 숨은 당신을 끄집어내서 흠씬 두들겨 팰 수도 있다. 실제로 그런 사례가 많기도 하고……. 사실 『동물 농장』을 읽고 나서, 조지 오웰이 타살이 아니라 결핵으로 생을 마감했다는 말을 들었을 때 적잖이 당황스러웠다. 아무도 그를 안 죽였다고……? 『동물 농장』이 다소 늦게 출판되기는 했지만, 그래도.

그러니까 아무리 입이 근질근질하더라도, 비유로 타인에 대해 이러쿵저러쿵 얘기하고 싶다면 다시 한번 고려해 봐야 한다. 진실이 만천하에 드러난다고 해도 떳떳하다면 괜찮겠지만, 만약 그렇지 않다면 그 타인이 죽을 때까지 잠시 기다렸다가 펜을 드는 것도 나쁘지 않다.

그러나 이렇게 말해도 쓸 사람들은 알아서 쓸 게 뻔하다. 하기야 그것이 글 쓰는 내향형 인간들을 뿌듯하게 해주는 원동력인데. 비유를 쓰면 글이 매력적으로 변신하는 것을, 그리고 스스로 마음에 드는 글을 쓰고 나면 밤새 싱글벙글 모드가 되는 것을. 난들 어쩔 방법이 없다.

소생술 6. 주제 의식을 심는다

"학생 때 수업 시간에 많이 안 졸았지?"

어느 날 회사 동료분이 물어보셨다. 내가 외관상 범생이 스타일이어서 그랬을까? 하긴 머리를 노란색으로 염색해 본 적도 없었고 노출이 심한 옷을 입고 출근하지도 않았으니까 그렇게 생각할 수도 있을 것 같긴 하다. 하지만 안타깝게도 나는 수업 시간에 많이 졸았다. 많이, 그리고 쉽게 졸았다. 그래도 결단코 '잠'적은 없다. 속수무책으로 잠이 나를 끌어들였달까?

서당 개 삼 년이면 풍월을 읊는다고, 사회인이 되고 나서도 자격증 공부 등을 계속하다 보니 '수업 시간에 졸기'의 역사도 길어졌다.

그러면서 어느덧 그 원리를 파고드는 경지에 이르렀다. 도대체 나는 왜 조는 걸까? 뭔가 특정한 트리거가 있으면 졸게 되는 게 아닐까?

이유는 하나였다. '나와 상관없어 보인다' 싶으면 틀림없이 잠에 빠져들었다!

예컨대 국사 수업 시간에 선생님이 어떤 사건에 관해 아무리 열렬하게 설명하고 계시더라도, 내 머릿속에는 자동으로 두 가지 질문이 스쳐 지나간다.

'문1. 내 인생에 비슷한 일이 나올 법 한가?'

역사가 재밌는 이유는 딱 하나다. 과거에 있었던 사건들이 현생에서 똑같이, 혹은 놀랍도록 비슷한 양상으로 발생하기 때문이다. 내가 임금이 되었을 때 마침 조정이 개판인 상황이라면, 어떻게 해야 기강을 바로 세울 수 있을까? 이는 어느 조직에 가더라도 항상 발생할 수 있는 문제 상황이므로, 과거에 사람들이 어떻게 헤쳐 나갔는가를 유심히 살펴본다면 나의 삶에 도움이 될 수 있다.

하지만 역사 시간에는 늘 이렇듯 직접적으로 흥미를 끄는 사건들만 다루는 것은 아니다. 따라서 '내 인생이랑은 별 상관없어 보이는데…….' 하는 다소 심드렁한 태도로 수업에 임해버릴 수가 있다. 이럴 때는 두 번째 질문으로 넘어간다.

'문2. 시험에 나올 내용인가?'

내 인생과 직접적인 연관은 없더라도, 시험에 나온다면 어쩔 수 없이 내 인생이 영향을 받게 된다. 그러니 딱 봐서 '이거 시험에 나올 것 같은데! 바로 이러이러한 형태의 문제로 말이야.'라고 머릿속에 그려진다면, 눈을 반짝이면서 형광펜으로 밑줄을 쳤다.

하지만 안타깝게도 둘 다 아니라면? 내 인생의 문제를 해결하는데에도, 시험지의 문제를 해결하는 데에도 영 도움이 될 내용이 아니다 싶어진다면? 그러면 곧장 잠에 빠져들었다. 백 퍼센트였다.

비단 수업뿐만이 아니었다. 회사 일을 할 때도, 내게 딱히 중요해보이지 않는 일이라면 단순 반복 업무를 하면서도 졸 뻔한 상황이종종 연출되었다. 한 번은 엑셀로 숫자를 옮겨적다가 졸아서, 정신차려 보니 화면에 "00000000"이 줄줄이 입력되고 있었던 적도 있다. 한심해 보이겠지만, 무려 점심 직후에 나른한 오후의 햇살이 들어오는 사무실이었다. 이런 환경에서 졸지 않고 엑셀 시트에 숫자를 단순 입력할 수 있는 것은 AI뿐이다.

때와 장소를 가리지 않고 졸음의 패턴이 반복되다 보니, 이제는'앗! 자칫하면 졸겠는걸' 싶은 순간을 직감할 때도 있다. 그러면 나자신을 다급하게 타이른다. '이봐, 잠깐만! 이거 사실은 네 삶이랑아주 긴밀하게 연관될 수 있거든? 아니아니, 졸지 말고 잠깐만 좀보라니까!'

물론 대개는 실패한다만…….

그런데 잘 생각해 보면 이 졸음의 패턴이란 게 아주 불합리하지만은 않다. 나랑 상관없어 보여서 따분하고 지루하다는데, 너무도타당하고 논리적인 이유 아닌가? 그게 즉각 신체적인 반응으로 이어지는 게 조금 당황스러울 뿐.

글을 쓸 때도 비슷한 상황이 연출되는 경우가 있다. 일단은 굉장히 열의에 가득 차서 어떤 글을 신나게 쓰기 시작한다. 그런데 어느 정도 써 내려간 상황에서 갑자기 스스로 노잼 구간에 접어들어 버린다. 문득 이 글이 나랑은 상관없어 보이고, 애초에 왜 썼는지조차 기억이 잘 나지 않는다. 희한하게도, 이럴 때면 늘 분량은 30% 이상 80% 이하로 쓴 상태다. 버리기에는 제법 많이 써서 아깝고, 마무리까지 짓기에는 금방 쓰고 끝낼 수 없을 정도로 상당한 분량이 남은 애매한 지점이다.

이때도 원인은 하나다. 바로 주제 의식이 없는 글을 쓰고 있었기 때문이다.

다른 사람들도 다 그런지는 모르겠다. 어떤 작가들은 일부러 심오한 주제 의식 따위 글에 담고 싶어 하지 않는 성향일 수도 있다. 가볍게 읽고 즐길 수 있는 글을 더 선호하느냐는 순전히 개인의 취향 문제인데다, 같은 독자라도 이따금 생각 스위치를 끄고 킬링타임용 소설을 읽고 싶을 수 있다. 게다가 모든 사람이 글을 쓸 때마다 '이번에도 나의 철학을 담아내야지!'하고 벼른다면 이 세상 모든 글은 진지충에게 지배당하고 말 것이다.

그러니까 지극히 내 개인적인 경험에 비추어 말하자면, 어쩐지 공허한 기분을 맞닥뜨렸다면 대개 주제 의식이 텅 비어있는 글을 쓰고 있었더라는 이야기다. (아, 역시 이래서 내가 범생이 스타일로 보였던 걸까?)

다르게 표현하자면, '말을 하는데도 내가 무슨 말을 하고 있는지 모르겠다' 싶은 기분이다.

'인물도, 사건도, 배경도, 하나하나 꾸려가며 소설을 써 내려가고는 있는데, 도대체 이 글을 왜 쓰고 있었지?'

'분위기 딱 잡고서 에세이를 쓰기 시작했다만, 문득 이게 다 뭘까 싶네.'

'지금까지 이만큼 쓰긴 썼는데, 마무리까지는 무슨 내용으로 이어가면 좋을까? 막막하구먼…….'

'어찌어찌 붙들고서 끝까지 쓰기는 하더라도, 결국에는 텅 비고 재미없는 글이 되면 어쩌지?'

그럴 때는 반드시 '주제 의식'을 돌아봐야 한다. 내가 이 글을 쓰면서 하고 싶었던 말이 무엇이었나를 생각해 보자. 분명 처음에 펜을 집어 들면서 글로 표현하고 싶었던 주제가 있었을 것이다.

혹은, 돌이켜 보니 애초에 글에 담으려고 했던 메시지 자체가 불분명했음을 발견할 수도 있다. 이는 빚으려는 대상을 머릿속에 선명하게 그려놓지 않고서 애꿎은 찰흙만 조물조물하는 행위와도 유사하다. '왜 그럴싸한 형태가 나오지 않을까'를 아무리 고민해도 소용없다. 우연의 일치로 어떤 멋진 모양이 나올 수도 있지만, 그런 천만분의 일의 요행을 바라기보다는 애초에 머릿속에 '난 이걸 만들고 싶어!' 하는 형상을 뚜렷하게 그려놓는 편이 결과물을 얻어내기에는 더 확실하다.

예를 들어서, 앞선 예시에 나왔던 커피 애호가 바이올렛이라는 사람에 대해 소설을 써보기로 했다고 치자. 어쨌든 커피라는 소재와 바이올렛이라는 캐릭터, 이들 자체는 매력적이기 때문에 충분히 소설로 만들기에 무리가 없을 것 같다. 일단 커피를 떠올리면 누구든 기분이 좋아지는 데다, 적당히 차분하면서도 다들 뭔가에 열중하는 카페 분위기는 누구든 머물고 싶어 하는 공간이니 배경도 묘사할 맛이 난다. 그런 공간에서 커피를 열정적으로 파고드는 바이올렛이 주인공이다. 그녀는 이름에 걸맞게 보라색 머리를 하고 있고, 심지어 알고 보니 요정 나라 출신이라는 설정을 부여해 주자. 이 정도면 캐릭터도 꽤 괜찮아 보인다.

그런데 조금만 글을 쓰다 보면 차츰 어딘가 빈약한 듯한 예감이 스멀스멀 기어 올라온다. 왠지 이 재료들을 섞기만 한다고 해서 한 편의 소설이 만들어지지는 않을 것 같다는 촉이 온다.

사실 소재들은 죄가 없다. 요리도 마찬가지 아니던가? 최고의 식재료를 가져다준다고 해서 누구나 최고의 요리를 만들 수는 없다. 부드러운 수비드 닭다리살과 온갖 신선한 야채를 던져 준대도 요리 똥손인 나는 정체불명의 잡탕 수프를 만들어 버릴 수 있다. 반면에 고든 램지는 퍽퍽살과 소금, 후추만 가지고도 군침 도는 요리를 내어놓을 것이다. 그리고는 내 요리를 보고 쓰레기를 만들었다며 악담을 퍼붓겠지? 참으로 예측 가능한 사람일세.

글에는 각 소재들을 엮어 주는 하나의 주제, 이야기 전반을 관통하는 분명한 주제 의식이 필요하다. 자전거를 탈 때와 비슷하다. 자전거가 조금 흔들거리거나 혹은 아예 안장 위에 올라가서 곡예를 한다고 해도, 앞으로 나아가는 하나의 힘이 있다면 계속해서 쭉쭉 전진할 수 있다. 이야기도 마찬가지다. 하나의 주제 의식을 가지고 이야기를 끌어간다면, 곁다리의 소재들이 조금씩 틀어진다고 해도 멋진 이야기로 귀결될 수 있다.

앞선 바이올렛 이야기로 돌아가서, 이제 어떻게 이야기에 주제 의식을 담아줄지 고민해 보자. 이때는 정말로 가슴에 손을 얹고 자신에게 물어보는 게 도움이 된다.

'평소에 무슨 이야기를 하고 싶었어?'

'요즘 고민이 뭐야?'

'가지고 있는 철학이나 가치관이 있어?'

분명 뭔가 생각하던 게 있을 것이다. 회사 다니면서 들었던 일에 대한 고민, 미래의 커리어에 대한 생각, 과거의 꿈이나 학창 시절의 마냥 행복했던 추억, 기타 등등.

나는 개인적으로 요새 '일에 대한 열정'이라는 주제를 많이 생각해봤다. 아마 최근에 읽은 책들이 그와 관련된 내용을 많이 담고 있어서 영향을 받지 않았나 싶다. 열정이란 뭘까? 『빅매직』이라는 책에서는 창작에 관해 이야기 하는데, 여기서 저자는 열정보다 중요한 것이 바로 호기심이라고 한다. 열정은 쉽게 일었다가 사그라들 수 있지만, 호기심은 대가를 바라지 않고 지속해서 무언가를 탐구할 수 있도록 하는 원동력이 되기 때문이다. 바꿔 말하자면 호기심은 열정의 근원이라고도 할 수 있겠다. 대가를 바라지 않는 순수한 마음으로, 궁금증 가득한 눈으로 세상을 바라보게끔 하는 힘.

어쩌면 그런 힘이 우리를 세상에 나오도록 한 게 아닐까 싶은 생각마저 든다. 그저 맥없이 여기저기 떠돌아다니던 영혼 중에서, 세상에 대한 호기심이 발동한 일부 영혼들이 인간 아기의 육체를 빌려서 현현하는 것이다. 그래서 늘 호기심 가득한 눈으로 삶을 사는 유형의 사람을 이따금 마주하게 되면 '젊어 보인다'는 인상을 받는 게 아닐까? 순수한 긍정 에너지가 여기까지 밀려오도록 하는 것으로 미뤄볼 때, 호기심 많은 사람과 어린아이는 공통점을 가지고 있기도 하니까.

이런 생각을 조금 다듬어서, 커피 애호가 바이올렛 이야기에 심어볼 수 있는 형태의 '주제 의식'으로 만들어 본다. 되도록 두어 개의 단어, 혹은 한 문장 정도가 좋다. 그보다 너무 짧으면 해석의 여지가 너무 많아져서 자신도 '이게 무슨 주제였더라?' 하고 헤매기 일쑤고, 한 페이지를 채울 정도로 길어지면 소설 쓸 시간이 없어지기 때문에 난감하다. 음, '호기심은 삶을 생동감 있게 이어 나갈 수 있도록 한다' 정도가 좋을 것 같다.

이제 이 주제 의식을 가지고 글을 다시 전체적으로 바라본다. 무엇이 부족하고, 무엇이 필요한지가 보이기 시작할 것이다. 그저 독특하게만 여겨졌던 소재들이 다르게 보인다. 바이올렛은 생동감 있는 삶을 몸소 보여주는 역할을 맡고, 커피는 호기심의 대상이 되는 역할을 맡게 하자. 그리고 이 둘을 옆에서 관찰하는 사람이 있으면 좋을 테니 인물을 하나 추가해야겠다. 그 인물은 호기심 가득한 삶과는 대조적인 일상을 사는 사람으로 설정하면 주제 의식을 더 도드라지게 보여줄 수 있을 것 같다. 바이올렛을 보면서 예전의 잊혔던 꿈과 열정을 떠올리는 에피소드를 넣어도 좋겠다.

이러한 과정을 거쳐서 주제 의식이 심어지고 나면, 이제 이야기는 더 이상 '나와는 상관없는' 따분한 내용이 아니게 된다. 무관하지 않은 수준을 넘어서, 온전히 작가 자신의 것이 된다. 언젠가 인생이 노잼 구간에 접어들었을 때 펼쳐보고 싶은 소설 한 편이 된다. '그래, 호기심이 내게 중요했지!' 하고, 자신의 인생에서 중요하게 여겼으나 잠시 잊고 살았던 가치를 떠올리는 역할도 해줄 수 있다.

아 참, 주제 의식을 심으면 또 한 가지 좋은 점이 있다. 바로 이야기를 어느 지점에서인가 끝맺을 수 있게 한다는 사실이다. 어떤 사람들은 백지 앞에 앉았을 때 어디서부터 글을 시작해야 할지 몰라서 두려워한다는데, 앞서 '구조'를 다룬 장에서도 얘기했듯이 나처럼 별생각 없이 일단 시작하고 보는 타입은 '이제 어떻게 끝마치지?' 하는 또 다른 고민이 있다.

'기승전결 만들었으니까 이 정도면 된 건가?'

'뭔가 글이 되긴 했는데, 여기서 끝내면 좀 허전하지 않나?'

그런데 만약 의도했던 주제 의식이 글에 잘 담겼다면? 다른 요소들은 제쳐두고서라도 그것으로 목적을 달성했으니, 당당하게 글을 졸업시켜줄 수 있는 근거가 생긴다. 글의 마무리가 조금 급작스러웠더라도 그 정도는 여운이다 셈 치면 그만이다.

……그래도 방금은 좀 너무 급작스러웠나?

소생술 7. 장소를 옮긴다

장소를 옮긴다니. 글을 쓰는 장소를 바꿔 보라는 뜻일까?

물론 집에만 틀어박혀 있다가 카페로 나가서 글을 쓰면 기분전환이 되면서 재미있는 글이 탄생할 가능성도 있다. 하지만 그보다 직접적인 효과를 얻기 위해서는 작가가 아니라 작중 인물의 장소를 옮겨보면 좋다.

아직도 이 소생술의 원리는 잘 모르겠다. 대화를 넣는다거나, 에피소드 혹은 비유를 들어주는 등 다른 방법들은 나름대로 왜 먹히는지 이유를 알 것 같았다. 그런데 '장소 옮기기'만큼은 작동원리를 도통 모르겠다. 그저 몇 번 해보니까 먹히기에 외워서 써먹고 있다. 그래서 이 챕터는 좀 짧다. 설명할 수가 없어가지구…….

그런데 정말로, 재미있는 글을 보면 다들 어딘가를 자꾸 싸돌아다닌다. 에세이만 봐도 그렇다. 더 나아가, 장소 옮기기의 결정체인 '여행'은 그 자체만으로도 하나의 장르가 되어서 대형서점 어디서든 여행기만 따로 모아 놓은 매대를 발견할 수 있다.

여행 경비가 필요한 작가와는 달리, 소설 분야에서는 등장인물이 더욱 마음껏 세상을 누비고 다닌다. 최근에 읽었던 소설 세 권도 그랬다. 『달러구트 꿈 백화점』은 꿈속 세계를 탐험하고, 『게임 전쟁』에서는 주인공 소년이 집과 학교, 저 멀리 친구네 동네처럼 여기저기를 돌아다닌다. 독특한 제목에 이끌려 구입한 추리 소설 『살인범 협박 시 주의사항』에서도 장소를 계속 바꿔가며 사건이 전개되었다. 그나저나 방금 언급한 세 권의 소설은 꽤 재미있었다. 만약에 요새 딱히 읽을 만한 소설을 찾지 못했다면 강력 추천! 참, 그 전에 『해리 포터』는 먼저 읽으시고…….

반대로, 하나의 장소에 처음부터 끝까지 머물면서 진행되는 소설은 정말 찾기가 힘들다. 아가사 크리스티의 추리 소설 『오리엔트 특급 살인』 정도가 그럴까? 하지만 아무리 이 소설의 배경이 오리엔트 특급열차라는 제한된 공간에 머무른다고 해도, 등장인물들은 여전히 그 안에서 객실을 이동하는 등 뿔뿔거리며 돌아다닌다.

아! 『누런 벽지』라면 정말로 한 장소에서 처음부터 끝까지 소설이 전개된다고 할 수 있을 것 같다. 샬롯 퍼킨스 길먼이 쓴 소설인데, 신경 쇠약에 걸린 어떤 여자가 남편의 강압으로 인해 방에 갇혀 지낸다. 하지만 방에는 요상한 무늬의 누런 벽지가 발라져 있고,

결국 그녀의 정신병은 깊어져만 가는…….

……역시 보통의 소설이라면 아무래도 장소를 옮겨야 하는 것 같다. 솔직히 『누런 벽지』는 나도 영문학 시간에 텍스트로 지정되었으니까 한 번 들춰봤지, 안 그랬으면 그런 소설이 있는 줄도 몰랐을 것 같다.

그런데 정말로, 작중 인물이 장소를 옮기는 게 글의 재미를 살려주는 일과 무슨 관련이 있는 걸까? 내용도 동일하고, 인물이 바뀌는 것도 아닌데.

이럴 때는 역시 직접 두 눈으로 차이를 확인해 보는 편이 좋다. 한 번 다음의 문단을 가지고 비교해 보자.

바이올렛은 커피를 마시면서 생각했다. 최근에 일어났던 일련의 알 수 없는 사건들. 처음에는 장미가 말을 했고, 그다음에는 와인병이 말을 했다. 물론 그 모든 일들은 좋은 쪽으로 흘러갔다. 장미 덕분에 더 즐거운 여행을 할 수 있었다. 와인병도 만약 말을 안 했다면 그날도 다른 평범한 날들처럼 오렌지 주스나 사 왔을 것이 분명했다.

커피는 빠르게 식어갔다. 처음에는 따뜻한 커피였는데, 추운 날씨 탓인지 온기를 잃는 데에는 오랜 시간이 걸리지 않았다. 그때 케빈이 나타났다.

"어? 바이올렛, 여기 있었네?"

여기에 일곱 번째 소생술을 적용해서, 밑줄처럼 장소를 옮겨봤다.

<u>4번가의 카페.</u>

바이올렛은 커피를 마시면서 생각했다. 최근에 일어났던 일련의 알 수 없는 사건들. 처음에는 장미가 말을 했고, 그다음에는 와인병이 말을 했다. 물론 그 모든 일들은 좋은 쪽으로 흘러갔다. 장미 덕분에 더 즐거운 여행을 할 수 있었다. 와인병도 만약 말을 안 했다면 그날도 다른 평범한 날들처럼 오렌지 주스나 사 왔을 것이 분명했다.

'역시 앉아만 있으니까 잡생각이 많아지는구나.'

<u>바이올렛은 카페를 나서서 걷기 시작했다. 어디로 가야 할까? 다행히 걸어서 5분 거리에 한강 공원이 있었다. 겨울바람이 차가웠지만 딱히 달리 갈만한 곳도 없었다.</u>

커피는 빠르게 식어갔다. 처음에는 따뜻한 커피였는데, 추운 날씨 탓인지 온기를 잃는 데에는 오랜 시간이 걸리지 않았다. 그때 케빈이 나타났다.

"어? 바이올렛, 여기 있었네?"

전반적인 내용은 하나도 달라진 게 없다. 심지어 두 이야기 모두 커피가 결국 식었고, 케빈이 내뱉은 말도 "어? 바이올렛, 여기 있었네?"로 똑같다. 다만 차이점이라면 바이올렛이 커피를 카페에 주야장천 앉아서 마셨느냐, 아니면 추운 한강 변으로 들고 나갔느냐일 뿐이다.

그런데도 왠지 앞선 이야기의 바이올렛과 케빈은 다소 단조로운 캐릭터처럼 느껴진다. 카페에 죽치고 앉아서 상념에 골똘히 잠겨 있는 바이올렛과 별다른 일정이 없어서 카페에 온 한량 케빈 같다.

반면에 두 번째 이야기에서는 캐릭터들이 조금 더 활동적이고 적극적인 인물들처럼 느껴진다. 바이올렛에게는 뭔가 고민이 있는 것 같지만 어쨌든 가만히 앉아서 생각만 하기보다는 뭐라도 실마리를 찾으러 나설 것 같다. 케빈은 또 어떤가? 카페에서 갑자기 튀어나왔을 때는 뜬금없는 등장 같은 감이 없잖아 있었는데, 한강에서 마주친 케빈은 어쩐지 마주칠 만한 일이 있어서 마주친 것 같다. 게다가 왠지 그가 입고 있는 옷마저도 다를 것 같다. 후줄근한 티에 트레이닝복 바지를 입고 카페에 들어오는 케빈이 아니라, 깔끔한 야구 잠바에 따뜻한 털모자를 쓴 캐주얼한 스타일일 것 같다. (너무 편견인가?)

도대체 왜 이런 현상이 일어났을까? 정말로 아무 내용도 바뀌지 않았다. 그런데도 뭔가 모든 일들이 더 자연스럽게 흐른 듯한 효과가 나타나고, 전개도 의식의 흐름을 그냥저냥 따라간 게 아니라 좀 더 소설 같아졌다.

순전히 개인적인 뇌피셜로 추측하건대 이는 아마도 "사람은 여행을 많이 다녀야 한다"는 격언과 유관할 것 같다. 새로운 장소를 방문했을 때 우리의 신체는 긴장을 바짝 세우기 때문이다.

'나에게 해로운 요소는 없나?'

'뭔가 흥미로운 게 있지는 않을까?'

'내가 알던 것, 혹은 아는 사람이 근처에 있으려나?'

장소의 전환이 오감을 자극한다는 관점은 나만의 주장이 아니다. 노마드 워커로서의 삶을 이야기한 『모바일 보헤미안』이라는 책에서는 다음과 같이 말한다.

(…) "아이디어는 이동 거리에 비례한다." 다카시로 쓰요시 씨의 말이다. 여행 자체가 창조의 강한 원천이 된다. 새로운 세계를 알고 싶어 하는 '호기심', 미지의 세계와 조우했을 대의 '감동'이야말로 창조의 최고 원동력이기 때문이다.

– 혼다 나오유키 & 요스미 다이스케, 『모바일 보헤미안』 (세종서적, 2018), p.92

여행이 그 자체로 창조의 힘을 자극하듯이, 장소를 옮기는 행위가 이야기를 읽는 사람의 관심을 끌어내는 것도 어쩌면 본능적인 반응인 게 아닐까?

'인물이 새로운 장소에 도달했다. 뭔가 흥미로운 일이 생기지 않

을까? 안테나를 세우자, 찌릿찌릿!'

소생술 8. 백지로 리셋한다

이 무슨 파괴적인 심폐소생술인가? 기껏 쓴 글을 백지로 리셋한다니. 이 정도면 심폐소생이 아니라 부활 아닌가……?

서문에서 '죽은 빵도 살리는 토스터'를 언급한 적이 있다. 눅눅한 식빵도 되살아났던 궁극의 토스터!

하지만 아무리 신박한 기계라도 도저히 어찌할 방법이 없는 빵은 여전히 있다. 예를 들면 애초에 맛없는 빵집에서 사 온 싸구려 빵이었다거나, 아니면 빵 자체에는 문제가 없었는데 깜빡하고 존재를 잊어버려서 곰팡이가 피었다거나. 그런 빵은 살릴 생각을 하지 말고 미련 없이 버려야 한다. 그리고 새 빵을 사 와야 한다.

학교 미술 시간에도 종종 비슷한 상황이 있었다. 나는 미술 시간을 꽤 좋아하는 편이었지만, 그림을 그리다가 망친 적도 상당히 많았다. 웬만하면 요령껏 수정해서 위기를 모면하곤 했는데, 때로는 '웬만하지 않은' 상황도 발생했다.

예를 들면 이런 식이다. 나뭇잎을 초록색으로 칠하다가 문득 '어라? 여기는 조금 갈색이 도네'라며 다른 색의 물감을 칠해본다. 그런데 칠하고 나서야 색감도 칠한 범위도 틀렸음을 깨닫는다. 다급한 마음에 어떻게든 되살려보려고 물기 있는 붓으로 여러 번 덧칠하다 보면 오히려 도화지가 운다. 심하게는 종이의 결이 먼지처럼 일어나거나 아예 종이에 구멍이 뚫리기도 한다.

이때쯤이면 진정 돌이킬 수 없는 상태가 된다. 종이가 그렇게까지 물에 젖으면 풀어질 수도 있다니, 한지 만드는 영상의 한 장면이 떠올랐다. 나무에서 추출한 섬유를 물에 풀어서 커다란 틀로 흔들흔들하는 장면이었는데, 그 원리가 이해되는 순간이었다. 미술 시간에 과학 시간을 엿본 기분이랄까? 아무튼 이런 비슷한 일을 몇 번 겪고 나니, 수정 좀 해서 될 게 아니다 싶으면 차라리 새 도화지에서 시작하는 편이 낫다는 사실을 깨달았다.

글을 쓸 때도, '망해도 한참 망했구나!' 싶은 감이 올 때가 있다. 어디 한두 군데 고쳐야 할 부분이 눈에 띄는 게 아니라, 글 전반적으로 망했다는 게 직감으로 느껴진다.

만약 이런저런 심폐소생술을 써서 되살릴 수 있다면 그나마 다행인 편이다. 글이 지루해 보이는 이유가 주인공 한 명의 독백 일색 때문이었다면 대화를 좀 넣어서 이야기를 풍성하게 해 줄 수도 있고, 뜬구름 잡는 소리만 주저리주저리 늘어놓고 있다면 구체적인 에피소드를 곁들여 줄 수 있다.

하지만 도저히 부분적인 수정만으로는 글을 살려낼 수 없을 것 같을 때는 정말로 처음부터 새로 쓰는 방법밖에는 답이 없다. 글의 흐름이 도중에 너무 꼬여버렸다거나, 여기저기 부분적으로 땜빵을 한 탓에 서로 설정이 안 맞는 곳이 한두 군데가 아닐 수도 있다. 이처럼 어디서부터 손을 대야 할지 감도 안 잡힐 때는 역시 리셋하고 다시 시작하는 게 속 편하다. 그 위대하다는 알렉산드로스 대왕도 매듭 풀기 어려워서 칼로 끊어버렸다는데, 우리가 무슨 세계를 제패한 대왕도 아니고 모든 문제를 풀어낼 수 있을 리가 없다.

하지만 다행히도, 아예 아무것도 없던 처음으로 돌아가는 것과는 다르다. 이미 한 번 써 본 경험이 있으므로 머릿속에 글의 주요 형태는 남아 있기 때문이다. 글의 주된 메시지는 무엇이었고, 메인 캐릭터는 누구누구이며, 그들이 겪는 주요 이벤트는 무엇인지 등의 굵직한 내용은 건졌으므로 거기서부터 시작하면 된다. 바야흐로 중요한 것만 남고 잔챙이는 사라진, 모든 게 시원하게 머릿속에서 통폐합된 상태에서의 새 출발이다. 이제 새로운 마스터 도면을 가지고 건물을 올려 나가면 그만이다.

이러한 '헐어내고 다시 쓰기'를 여러 차례 반복한다. 글을 한참 다 쓰고, 처음부터 끝까지를 쓱 보면서 건질 것 건진 다음에 팍삭 부숴서 새로 만든다. 그렇게 또 뿌시고 만들고, 뿌시고 만들고…….

무쇠를 만들 때도 가열했다가 식히는 과정을 반복하면 더 단단해지듯이, 글도 이 과정을 여러 번 거치다 보면 처음보다 훨씬 단단한 글이 되어 있다.

이 책도 썼다 지웠다를 거듭하면서 만들었다. 물론 '그렇게까지 보이지는 않는데'라고 생각할 수도 있지만, 누구나 처음이란 게 있는 법이니까…….

그 결과 일단은 분량부터가 많이 달라졌다. 본격적으로 시작하기 전에 먼저 최근의 독립출판 책을 좀 둘러봤다. 의외로 가벼운 버전으로도 많이 출간되고 있었고, 용기를 얻어서 '나도 이렇게 쓰면 되겠는걸?' 하고 마음 편하게 시작했다. 그래서 초고는 표지까지 다 합쳐서 80~90쪽 정도가 나왔다. 그런데 쓰는 과정에서 점차 하고 싶은 얘기도 더 생기고, 담고 싶은 예시들도 떠올라서 소재를 중간중간 추가했다.

그러다 보니 전체적으로 앞뒤 흐름이 안 맞는 곳도 보였고, 불필요한 내용이 눈에 띄기도 했다. 하지만 이미 쓴 글을 부여잡고 여기 살짝, 저기 살짝 고치는 방식으로는 대대적인 수정은 불가능했다. 그럴 때는 한 걸음 물러나서 글의 굵직한 소재들과 전반적인 구조를 뜯어봤다. 그런 다음, 옆에 메모장 하나 꺼내 놓고 구조'만' 큼직큼직하게 다시 짠 후, 재구성된 흐름에 맞추어서 글을 백지에서부터 다시 썼다.

이 과정을 챕터마다 반복했다. 흐름상 더 적절하다고 생각되면 이 챕터와 저 챕터를 합치기도 하고, 아예 몇 페이지를 통으로 삭

제하고 다른 내용을 새로 쓰기도 했다. 수정을 마치고 나면 또다시 PDF로 뽑아서 글을 퇴고했다. 그렇게 수정사항을 반영하고, 반영 본을 퇴고하고, 또 수정하고……. 절대 완벽함에 도달할 수 없다는 사실을 알면서도 힘닿는 데까지는 해보자는 마음가짐으로 길고 긴 작업을 거치다 보면, 비로소 '처음보다 훨씬 낫네!' 하는 지점에 도 달했다.

식물도 잘 키우는 사람들을 보면 관리를 시원시원하게 한다. 죽 은 잎과 과습으로 맛이 간 줄기는 싹둑 거둬내고, 잎이 너무 무성 하다 싶으면 숭덩숭덩 잘라내서 통풍도 잘 되고 햇빛도 잘 받을 수 있는 환경을 조성해 준다. 뿌리가 많이 자라서 화분이 너무 작아졌 다면, 줄기를 한 손으로 꽉 움켜쥐고 식물을 무 뽑듯이 쑥 뽑아서 커다란 화분으로 옮겨 심어 준다. 역시 어느 분야에서나, 애매하게 깔짝대는 것만으로는 해결되지 않는, 통 큰 결단만이 답인 상황이 존재하는 것이다.

물론 백지 리셋과 다시쓰기의 반복은 다분히 지난한 작업이다. 하지만 한 번 써서 완벽한 글은 거의 없다. 그러니 '무한 퇴고 루프' 는 글을 쓸 때 으레 기본으로 탑재된 옵션이라고 생각하고, 차라리 본인의 작문 습관을 그에 맞춰서 길들이는 편이 속 편하다.

프로 작가들도 편집자 검수를 받으면 빨간펜이 죽죽 그어져서 돌 아온다고 한다. 그 전에 이미 자기 선에서도 대대적인 수정 작업을 진행하는 것은 물론이다. 밥 먹고 글만 쓰는 그들마저 퇴고할 때

챕터 하나를 통째로 들어내기도 한다는데, 취미로 쓰는 일반인이 한 방에 글을 '짠!'하고 완성하지 못하는 것은 당연해 보인다.

퇴고 이야기가 나온 김에 덧붙이자면, 글쓰기는 어쩔 수 없이 고독한 작업인 것 같다. 운동은 함께 할 수 있고, 음악도 합주를 할 수 있지만, 글은 혼자서 쓸 수밖에 없다. 하지만 그렇기 때문에 더욱 혼자가 되지 않도록 조심해야 한다. 혼자 힘으로만 글을 쓰는 데에는 한계가 있기 때문이다.

우선은 자기가 쓴 글을 자기 혼자서만 검토하다 보면 뇌이징[12]이 오면서 객관적으로 퇴고가 안 된다. 심지어 어느 순간부터는 대놓고 오탈자인 것조차 눈에 들어오지 않는다. 이 책을 쓰면서도 그랬다. 챕터마다 여러 차례 수정을 거치다 보면, 더 이상 내가 뭘 읽고 있는지조차 모르겠는 게슈탈트 붕괴 현상[13]이 찾아온다. 그럴 때는

---

[12] '뇌'와 '에이징'을 합친 신조어. 보통 에이징이라고 하면 "새로 산 스피커를 에이징했다"와 같이 신상품을 여러 번 사용하면서 길들이는 작업을 말한다. 그런데 사람의 뇌도 특정 대상에 자주 노출되다 보면 점점 그에 익숙해지는 경향이 있다고 해서 '뇌+이징'이라는 단어가 나왔다. 예를 들어 사람들이 처음 잠실 롯데타워를 봤을 때는 '사우론의 눈'이라느니 하면서 이상하다고 했지만, 지금은 그저 '엄청 커다란 건물' 정도로 익숙해진 것이 뇌이징의 사례라고 할 수 있다. (익숙해진 것…… 맞나?)

[13] 게슈탈트 붕괴라고 하면 심리학 용어일 것 같지만, 사실은 일본에서 유래된 도시 전설이라고 한다. 게슈탈트는 독일어로 형태나 형상을 뜻하는데, 특정 대상에 반복 노출되면 어느 순간 대상이 어색하거나 이질적으로 보이기 시작한다고. 궁금하다면 '고구마'를 30번 연속으로 읊어 보자. 문득 단어가 낯설게 느껴지는 기이한 현상을 경험할 수 있다. 고구마, 고구마, 고구마…….

일단 작업을 덮어놓고 다른 책을 읽었다. 마치 빵을 만들 때 반죽이 발효되기를 일정 시간 기다리는 것처럼 휴지기를 주는 셈이었다.

그러면서 내심 프로 작가들이 조금 부럽기도 했다. 계약한 출판사를 통해서 편집자가 붙기 때문이다. 오로지 자력으로 백지 리셋에 의존하는 게 아니라, 편리하게 남의 '안 본 눈'을 사는 격이다. 물론 편집자가 고약한 성미이거나 혹은 잘 맞지 않는 사람이 매칭될 수도 있다고 들었다. 그래도 그런 성가신 타입의 편집자는 극소수이지 않을까? 대부분은 여러 작가를 겪어 본 전문가들일 텐데, 그들의 숙련된 퇴고력(?)을 도움받으면 좋으련만.

아쉽게도 취미로 글을 쓰는 보통의 아마추어로서는 그런 편집자를 전속 페이스 메이커로 두기가 어렵다. 이럴 때는 '편집자가 없으니 역시 나 혼자서 써야겠다'는 결론으로 가지 말고, 지인 중에서 믿음직한 다독가 몇 명을 섭외해 검토를 부탁해야 한다. 분명 내가 발견하지 못했던 포인트를 콕콕 집어 줄 것이다. (이 자리를 빌려, 책의 검토를 흔쾌히 맡아준 다독가들께 감사의 말씀을 드린다.)

그런데 매번 글을 쓸 때마다 주위 사람들에게 부탁할 수는 없다. 제대로 하려면 시간과 노력이 드는 작업인데다, 그들에게도 그들의 생활이라는 게 있다. 돈을 받고 검토를 해 주는 전문 편집자들이 괜히 있는 게 아니다.

그러니 평소에는 다른 방안을 찾아야 하는데, 같이 글을 쓰고 피드백을 주고받는 작문 그룹을 그 대안으로 추천한다. 아니, 추천하는 정도가 아니라, 그런 그룹에 참여할 기회가 있다면 무조건 참여하는 쪽이 유리하다.

물론 작문 그룹에 참여하는 일이 쉽지만은 않은 것 같다. 일단은 어디서 구해야 하는지부터 막막하고, 구한다고 해도 마음의 장벽이 가로막는다. 왠지 그룹에 참여했다가 다른 일로 글쓰기에 미진해지면 민폐가 될 것 같다는 걱정에 망설여진다. 회사에서 갑자기 일이 많아져서 야근이 잦아질 수도 있고, 예상하지 못했던 저녁 약속이 연달아 잡힐지도 모른다.

나 때문에 그룹의 분위기를 흐리면 어쩌지 싶은 걱정이 든다. 혹여 그런 나를 아랑곳하지 않고 다른 멤버들은 성실하게 밀고 나간다면 그건 또 그것대로 혼자 뒤처지는 민망한 상황이니 걱정이다. 게다가 피드백을 주고받는다면 다른 사람들이 쓴 글도 하나하나 읽어봐야 할 텐데, 과연 그럴 시간이 있을까?

개인적인 경험으로 미루어 이야기하건대, 우선 그런 걱정은 크게 안 해도 될 것 같다. 보통은 웬만하면 지킬 수 있는 수준의 규칙하에 운영되고, 모임의 다른 참가자들도 상황은 비슷하기 때문에 다들 이따금 인간미를 보여주기 때문이다.

나는 최근에 크게 두 개의 글쓰기 모임에 참가해봤다. 첫 번째는 돈을 걸고 달리는 버전이었다. 한 업체에서 글 쓸 사람들을 모집한 다음, 예치금처럼 돈을 걸고 100일 동안 마라톤 뛰듯이 매일 조금씩이라도 쓰게 했다. 인증은 100일 과정 전용으로 개설된 네이버 밴드에 각자 자기가 쓴 글을 게시하는 방식으로 이루어졌다. 아주 편리한 시스템이었고, 100회를 완주하면 예치금을 환급해주는 것이 기본 원칙이어서 동기부여도 되었다. 게다가 두세 번까지는 봐주는 굉장히 인간적인 예외 규칙 덕분에, 한두 번 깜빡한다고 해서 곧장 포기하지 않도록 해주는 안전망이 깔려 있었다. 친구 따라 강남 간다는 말이 있듯이 고등학교 친구랑 같이 시작한 글쓰기 커리큘럼이었는데, 결과적으로는 친구 덕분에 꾸준하게 글을 쓰는 습관을 경험할 수 있었다.

그런데 방금 습관을 '만들었다'가 아니라 '경험했다'라는 표현을 썼다. 습관을 완전히 '만들었다'고 하려면 해당 커리큘럼이 끝나고 나서도 지속해서 매일 글을 썼어야 했는데, 평범하고 인간적인 직장인이 그러기는 쉽지 않았다. 하지만 그렇다고 해서 아예 일회성의 좋은 추억뿐이었느냐 하면 그것도 아니었다. 그때 꾸준한 글쓰기를 경험한 덕분에, 한 번 펜을 들었을 때 일정 분량의 글을 찍어내는 데에 있어서 감을 익힐 수 있었다. 그리고 일기 외의 글, 그러니까 소설이나 에세이 같은 유형을 쓰는 행위가 분기나 반기에 한 번 있는 특별한 일이 아니라 수시로 할 수 있는 취미로서 자리 잡은 계기도 되었다. 한 번 글쓰기 모임을 시작한다고 해서 평생 그 모임에 헌신할 필요도 없고, 단기 모임에 참가한다고 해서 그때만 반짝 효과를 보고 원래대로 돌아가 버릴까 걱정할 필요도 없는 이유다.

두 번째로 했던 글쓰기 모임은 위의 과정을 끝낸 뒤 거의 1년의

텀을 두고 참여했다. 이번에는 또 다른 친구의 초대를 받아서 참여한 모임이었다. 점심을 같이 먹다가 "내 취미는 글쓰기야"라고 '글밍아웃'을 했더니 친구가 이렇게 되물었다.

"너도 글쓰기 좋아해?"

이 친구, 방금 '너도'라고……? 설마 그토록 희귀한 '글 쓰는 사람'인가?! (왜 '희귀한'이라고 했는지는 나중에 나온다.)

"어, 으응! 그런데 꾸준히 쓰는 게 어렵네."

"나도 글 쓰는 거 좋아하는데! 마침 아는 친구가 글쓰기 모임을 만들려고 하거든? 오픈카톡방을 만들어서, 일주일에 한 번 정도 익명으로 서로 자기 글을 올리고 피드백을 주고받는 거야."

"진짜? 나도 껴도 돼?"

얼마 후, 나는 친구가 일러준 대로 익명의 오픈카톡방에 초대되었다. 서로들 어디 사는 누구인지, 나이는 몇 살이고 직업은 무엇인지 아무것도 모른 채 '글을 쓰자!'라는 공통 관심사 하나만으로 모인 사람들이었다.

주제는 일주일에 한 번씩 돌아가면서 자유롭게 정했다. 어떤 주차에는 '펜'에 대해서 쓰고, 또 어떤 주차에는 '시간'에 대해서 썼다. 첫 번째 했던 몇십 명짜리 모임에 비해 인원수도 훨씬 소규모인데다 매일이 아니라 일주일에 한 번만 업로드를 했기 때문에, 서로의 글을 읽고 피드백을 주기가 비교적 수월했다. 덕분에 나도 재미있는 피드백을 많이 얻었고, 다들 온건한(?) 사람들이었던 지라 비판보다는 칭찬을 주로 받다 보니 더 신이 나서 계속 쓸 수 있었다.

장르도 자유로워서, 누구는 소설을 쓰고 또 누구는 에세이를 썼다. 나는 처음에 소설 위주로 쓰다가 차츰 에세이도 써 보고 하면서 다양하게 시도해봤다. 무엇보다도 이때 처음으로 장편소설에 도전해 본 게 좋은 경험이 됐다. 주제는 매주 바뀌지만, 어찌어찌 짜맞추면 주차 별로 한 편씩의 에피소드를 만드는 형식으로 소설을 이끌어 갈 수 있었다. 정해진 기간이 끝나면서 모임이 해산됨과 함께 이 또한 '시도'로 남았지만, 그래도 이때 만들어 놓은 밑천을 자산으로 해서 나중에 장편소설을 써볼 수 있겠다 싶은 여지를 남겨둘 수 있었다.

　한편으로는 나 말고도 글을 쓰고 싶어 하는 사람들이 많다는 사실을 발견하는 계기가 되었다. 내가 다니는 회사가 유난히 그런지는 모르겠지만, 회사에서는 글을 쓴다는 사람을 찾기가 정말 힘들었다. 다들 퇴근하고 주로 어떤 일을 하는지 물어보면 넷플릭스를 보거나 사람들 만나서 저녁 먹는다고 하고, 취미를 물어보면 골프나 테니스 같은 운동을 한다는 답변이 돌아왔다. 아이 있는 집은 "내 시간이랄 게 없어요……"라는 다소 쓸쓸한 답변이 돌아오긴 했지만, 어쨌든 뭔가를 '쓴다'고 하는 사람은 거의 없었다. 그래서 '역시 글을 쓴다는 것은 좀 이상한 걸까'라는 생각을 하고 있었는데, 모임에서 비슷한 부류의 사람들을 만나니 반가웠다. 심지어는 이미 책을 내 본 사람도 있었다! 그 얘기를 듣고 나니 '그렇다면 나도……?'라는 생각이 무의식 속에 심어졌고, 덕분에 이렇게 책이 나왔다.

그러나 내 경우만 해도, 돌이켜보면 첫 번째 모임도 두 번째 모임도 운이 좋아서 참여한 셈이었다. 둘 다 친구한테 '나 글쓰기 좋아해!' 하고 떠벌렸더니 '마침 잘 됐군! 나를 따라오렴'이라고 초대받았으니까.

요즘은 그래도 독서 클럽이나 작문 클럽을 온라인 플랫폼을 통해서도 찾을 수 있다고 하는데, 그런 데에 가면 왠지 사교 활동을 병행해야만 할 것 같아서 좀 망설여진다. 모르는 사람을 만나고, 서로 약속한 대로 글을 꾸준히 쓰고, 오프라인 모임에서 토론을 나누고 ……. 뭔가 좀 일이 커지는 느낌이다.

이런 모임이 부담스러운 사람들에게는 온라인상에 글을 올리는 방법이 있다. 블로그에 써도 좋고, 트위터나 인스타그램처럼 짧은 글 위주의 공간에 글을 써도 좋다. 짧으면 좀 어떤가? 트위터는 예전부터 촌철살인의 예리한 비평가들로 유명했고, 페이스북이나 인스타그램은 차곡차곡 써온 게시글을 긁어모아서 책을 내는 사람들도 있는데. 글의 길이보다는, 매일 쓰고, 정성껏 써보고, 좋아요와 댓글이라는 피드백을 받아볼 채널을 갖는다는 게 중요하다.

물론 온라인상에 글을 업로드하는 방식으로는 그룹에 참여해서 피드백을 받을 때만큼 즉각적이고 섬세한 조언을 얻기는 어려울지도 모른다. 하지만 꾸준히 쓰다 보면 댓글로 피드백을 받을 수 있고, 조회수나 좋아요 수를 보면서 '아, 내 글은 이런 쪽에서 소구력이 있구나?' 하는 식으로 대략적인 사람들의 반응을 볼 수 있는 좋은 창구가 된다.

설령 좋아요 수가 0이라거나 일방문자수가 3명[14] 뿐이라고 해도 낙담할 필요는 없다. 어쨌든 공개적으로 인터넷에 올릴 생각으로 글을 쓰다 보면 남이 볼 글이라는 전제하에 쓰게 된다. 그러면 자기 혼자 쓸 때보다 아무래도 고민을 더 많이 해서 정성을 들이기 마련이고, 그만큼 필력은 더 성장한다.

개인적으로는 최근에 웹소설 플랫폼에도 소설을 하나 연재하기 시작했다. 얼마나 갈지는 모르겠지만, 그래도 당분간은 꾸준히 주기적으로 올리기로 했다. 블로그든, 글쓰기 모임이든, 아니면 웹소설 플랫폼이든, '나는 글을 쓰겠다'라고 남들 앞에서 선언하고 자신을 묶어둘 수 있는 장치가 있으면 여러모로 큰 도움이 된다.

그러면서 다른 사람에게 피드백을 받고, 개선점은 개선하고 강점은 발전시키자. 다른 사람의 시각에서 평가를 받아보면, 본인은 미처 생각지도 못했던 의외의 부분에서 재밌다는 평을 받을 수도 있다. 그리고 그런 포인트를 캐치해서 변주로 재탕, 삼탕하며 꾸준히 밀고 나가면 그것이 나만의 스타일이 된다.

---

[14] 가족 한 명, 친구 한 명, 그리고 비로그인 상태로 접속해본 본인

그래도, 역시

　재미없는 글을 쓰고 있다는 사실을 자각하는 일만큼 난감한 상황도 없어 보인다. 글쎄, 사과를 베어 물었더니 애벌레가 절반만 보이는 경우 정도가 비슷하지 않을까? (나머지 절반은······?)

　기껏 썼던 글을 갖다 버리자니 그동안 들인 시간이 아깝고, 그렇다고 꾹 참으며 끝까지 쓰자니 밑 빠진 독에 물 붓는 격이 될까 망설여지는 시점이다.

　그럴 때 활용하기 좋은 응급처치로 몇 가지 심폐소생술을 적어보았다. 아무리 재미없는 글일지라도, 경험상 심폐소생술 중에서 한두 가지만 적용해 보면 어느 정도까지는 살려낼 수 있었다.

　그러나 의욕 충만하게 시작했던 것과는 달리, 인생 첫 책인지라 아무래도 아쉬운 부분이 많다. 우선은 챕터별로 분량부터가 들쭉날쭉해서 괜히 아마추어 느낌이 나는 것 같다. 하지만 정말로 에피소드에 대해서는 하고 싶은 말이 많았고, 그렇다고 해서 다른 챕터들의 분량을 억지로 늘리고 싶지도 않았다. 하고 싶은 이야기를 하고 싶은 만큼, 그렇게 진솔한 생각을 담고 싶었다.

물론 이 '심폐소생술' 세트는 펜만 들었다 하면 명작을 줄줄 써내려가는 천재에게는 필요 없을지 모른다. 그렇지만 여전히 나나 여러분처럼 평범한, 그러나 글쓰기를 놓고 싶지 않아 하는 사람들에게는 급할 때 언제든 찾기 좋은 책이 되리라고 믿는다.

그래도 역시, 심폐소생술은 어디까지나 심폐소생술이다. 응급실에서는 당장의 상처를 치료하거나 시급하게 처치가 필요한 부분을 커버해 줄 수는 있다. 그러나 근본적으로 건강해지는 일은 환자 본인의 몫이다. 평소에 꾸준히 운동해서 체력을 기르고, 좋은 음식을 골고루 찾아 먹으며 영양분을 채워야 한다.

재미없는 글을 위한 심폐소생술도 개인적으로 이런저런 시행착오를 겪어보고, 잘 쓴 작가들은 어떻게 썼나 염탐도 하면서 나름대로 찾아낸 요령들이다. 앞으로 더 많이 글을 쓰고, 돌이켜보고, 좋은 책을 읽다 보면, 더 많은 기술을 습득하고 글쓰기 실력도 시나브로 향상되리라고 믿는다.

여러분의 글들도, 매번 심폐소생술에 기대야 하는 글이 아닌, 각자의 독특한 문체와 개성으로 가득한 '재미있는 글'이 되기를 바란다.

서비스입니다

본문에서 여러가지 예시를 들었는데, 아무래도 짤막하게 예시만 들고 끝내버리면 감질난다. 그래서 이왕 언급한 김에 독자분들을 위한 서비스 소설을 만들었다. 다만 한 편의 글로 만들어내는 과정에서 일부 내용이 각색되었다.

드디어 복선들이 회수되는 순간이다!

작은 계란 이야기

어쩌다 보니 계란 요리 전문점이다.

늘 이런 식이다. 물론 '늘'이라고 하기에는 만난 지 이틀밖에 되지 않았지만, 줄리엣을 간파하는 데에는 하루면 충분하고 이틀이면 차고 넘쳤다.

"무슨 생각해?"

줄리엣이 계란말이를 입에 넣고 우물거리며 말했다. 참으로 먹성 좋은 친구다. 어제는 갈비찜에 밥 한 공기를 뚝딱 해치우더니, 모자란다고 해서 즉석밥까지 하나 더 데워주었다. 그리고 나서는 디저트로 배 한 알을 먹고, 입이 심심하다며 버터 과자 두 봉지를 더 먹었다.

부른 배를 통통 두들기며 "와, 덕분에 잘 먹었어!"라며 자기 숙소로 돌아가더니, 오늘 아침에 초인종을 누르고 바로 하는 얘기가 "아침 먹으러 가자! 내가 쏠게!"였다.

"너 정말 잘 먹는다고 생각하고 있어."

"아? 그런 이야기 많이 들어. 역시 내가 잘 먹는 편인가?"

"배 안 불러?"

"응. 너도 하나 먹어봐! 여기 밑반찬도 끝내준다. 계란 요리 전문점은 계란말이부터 다르네."

그러더니 계란말이 한 조각을 더 집어 든다.

"이렇게 김 모락모락하는 흰쌀밥에, 부드러운 노란 계란말이를 딱 올리면! 환상이지, 환상!"

내 또래 여자인데 어쩜 이렇게 천진난만해 보일까? 줄리엣은 어쩌면 꿈속에 살고 있는 사람인지도 모른다. 취직을 하거나 일을 해본 적은 있을까? 상상하기가 어렵다. 정장을 입고 취업을 준비하는 줄리엣, 지하철을 타고 출퇴근하는 줄리엣, 사무실 책상에 앉아서 묵묵히 일하는 줄리엣.

그보다는 갈비찜을 맛있게 먹고, 계란말이는 흰쌀밥과 가장 잘 어울린다며 감탄하는 모습이 훨씬 어울린다. 물론 그 또한 〈로미오와 줄리엣〉의 '줄리엣'과는 아주 거리가 먼 모습이긴 하지만.

"있잖아, 나 계란말이 먹다가 생각난 건데."

"응?"

"여기가 계란 요리 전문점이잖아?"

"그렇지."

이번에는 계란말이가 아니라 그 옆의 명란젓을 조금 잘라서 흰쌀밥 위에 얹는다. 그리고는 '흐음,'하며 말을 잇는 줄리엣.

"옛날에 읽었던 이야기인데, 새가 알을 깨고 나오려면 어미의 힘이 필요하대. 알껍데기 안에서 자기 부리로만 깨기에는 무리가 있다는 거야. 그러니까 바깥에서 어미도 부리로 톡톡 두들겨 줘야 부화하기에 수월해진대."

"그러네. 나도 그 얘기 들은 것 같아. 무슨 사자성어가 있었어."

줄리엣은 명란젓을 얹은 밥을 한 숟갈 떠서 입에 앙 넣는다. 우물거리면서도 이야기를 멈추지 않는데, 음식물이 하나도 튀지 않고 오히려 깔끔하고 안정적으로 말하는 폼이 신기하다.

"그건 어떤 느낌일까? 병아리 입장에서는 아직 한 번도 바깥세상을 경험해 보지 못한 상태잖아. 사방이 어두컴컴한데 밖에서 누가 자기가 살고 있는 벽을 콩콩 깨고 있다 이 말이지."

"그렇게 이야기하니 조금 무섭겠는걸."

"근데 또 어떻게 보면 그 벽을 깨려고 안달하는 병아리가 제일 무서운 녀석이야. 생각해 봐. 자기를 보호하는 벽이라는 게 너무나도 확실한 상황인데다가, 그 벽 바깥에 있는 세상을 한 번 보지도 못했잖아? 뭔지도 모르는 세상을 향해서 나아가려고 자기 부리로 보호막을 깨부수려고 노력한다니. 이보다 더 맹목적인 몸부림이 어디 있겠어?"

그러더니 '앗, 이렇게 하면 계란말이와 명란젓을 한 번에?'라며 밥숟갈 위에 각각을 조금씩 얹는 줄리엣. 또 한입에 와앙 넣고 우물우물, 게다가 얼굴에는 맛있다는 표정이 한가득이다.

"넌 배 안 고파? 진짜 맛있는데."

"난 메인 요리를 위해서 아껴놓고 있어."

"현명하네! 난 아마 메인 나오기 전에 이걸로 먼저 밥 한 공기 뚝딱할 것 같아."

"그러다가 메인 나오기도 전에 배부르겠어."

"아냐, 메인 먹을 배는 따로 있어. 괜찮아. 그리구 이따가 수영하러 가려면 에너지 많이 필요하니까, 그 전에 많이 먹어둬야 하기도 하고."

줄리엣이 자기 옆 의자에 놓인 가방을 가볍게 팡팡 두드렸다. 방수 재질로 미루어 보아, 가방 안에는 아마 수영복이 들어 있는 모양이었다.

"바다 수영도 하는구나. 제법인데?"

"이 정도는 기본이지."

말로는 대수롭지 않은 척하면서, 은근히 우쭐해진 기분이 티가 났다.

"물론 이것도 다 어렸을 때 부모님이 수영 강습을 시켜 주셨으니까 익숙해진 거지만. 아니 있잖아, 나는 이런 거야말로 어른의 역할이라고 생각해. 아무것도 모르는 어린애들이 세상을 더 멋지게 살 수 있도록 바깥에서 이끌어주는 역할 말이야."

"갑자기?"

"수영 생각을 하니까, 그렇더라구. 그 어릴 때의 내가 뭘 알았겠어? 수영이 뭔지, 강습이 뭔지, 게다가 수영을 배우려면 어딜 가서 뭘 어떻게 해야 할지 하나도 몰랐을 텐데. 그런 어린애 손을 잡고 수영장으로 가서 선생님을 소개해 주고, 어렸을 때부터 물과 친해지게 하고. 나중에 커서 바다 수영을 할지 안 할지 선택하는 건 어린애 자신의 몫이겠지만, 그 전에 작은 계란 녀석의 바깥에서 부리로 톡톡 두드려주는 어른이 필요한 거야."

"계란으로 만든 계란말이를 먹으면서, 잘도 그런 이야기를 하는구나."

"뭐 어때, 무정란일 텐데. 어, 저거 우리꺼 나오나 보다."

우리는 말 잘 듣는 어린아이처럼, 종업원이 그릇을 들고 오자 두 손을 가지런히 식탁 아래로 내려놓았다.

"오믈렛 새우볶음밥 어느 분이세요?"

"저요."

내 몫으로 동그란 원형 접시가 놓였다. 그 위에 놓인 오믈렛이 퐁실퐁실하고 뽀얀 노란색을 띠고 있다. SNS에서 봤던 사진처럼, 나이프로 쭉 선을 그으면 그대로 갈라져서 뜨거운 김을 모락모락 피우며 스크램블이 흘러내릴 것 같다.

줄리엣의 앞에도 그릇이 놓였다.

"와! 맛있겠다, 먹자."

나랑은 달리, 덮밥용 그릇을 받은 줄리엣. 저게 뭐였더라?

"그런데 넌 뭐 시켰어?"

"오야꼬동[15]."

---

[15] 닭고기와 계란으로 만든 덮밥. 일본어로 '오야'는 부모를, '코'는 자식을 뜻한다.

얼음 열 개를 넣은 아메리카노

2018년이었다.

당시에도 바이올렛은 보라색 머리였다. 지금과 다른 점이라면, 그때는 그녀가 커피에 빠져 살고 있었다는 것. 그것도 에스프레소 위주로.

나는 바이올렛의 같은 반 친구였다. 그래서 학교에서는 그녀가 커피 마시는 모습을 매일같이 볼 수 있었다. 아침 1교시 시작하기 전에 커피스틱으로 한 잔을 타 먹고, 점심 시간이 끝나면 사물함에서 캡슐 커피 머신을 꺼냈다 – 그전까지는 사물함에 커피 머신을 넣어 다니는 사람을 한 번도 본 적이 없었으므로, 개인적으로는 신선한 충격으로 느껴졌다. 그리고는 교실 구석으로 유유히 걸어가

콘센트에 연결한 다음, 주머니에서 커피 캡슐을 꺼내 능숙하게 한 잔을 내리는 것이다.

캔커피가 전부였던 고등학생들이었기에, 반 친구들은 자연스레 바이올렛의 고급스러운 커피 향기에 이끌렸다. 몇몇 애들이 바이올렛에게 다가가는 것도 점심 시간의 여유로운 풍경 중 하나였다. 높은 확률로, 우리 반에서만 일어나는 진풍경이었겠지만…… 어쨌든 우리에게는 일상이었다.

친구들이 "혹시 나도 한 입 먹어두 돼?"라고 물으면, 바이올렛은 보라색 머리를 끄덕이며 이렇게 말했다.

"응! 캡슐 하나에 500원이야!"

그리고는 "무슨 색깔 먹을래?" 하고 상자에서 어림잡아 열 종류는 될 법한 캡슐 더미를 보여주는 것이었다. 대금을 요구하는 그 무해한 미소는 그녀의 무해한 머리칼이 선생님들을 당황시킨 것만큼이나 학급 친구들을 당황케 했다. 누군가가 '커피 한입만'을 이야기할 때는 대체로 유료 커피를 염두에 두지 않으니까.

그러나 그녀의 미소도, 독특한 색의 머리칼도, 다분히 무해하다는 사실을 모두가 깨닫기까지는 오랜 시간이 걸리지 않았다. 무해한 정도를 넘어서 알 수 없는 밝은 에너지마저 주위에 전해주었기 때문이다.

아마 그때 바이올렛과 같은 반을 했던 아이들이라면 누구든 한 번쯤은 그 무해한 미소와 향긋한 커피 향기에 이끌리지 않을 수 없었을 것이다. 옆 반 학생들마저 창문을 기웃거리며 구경을 올 정도

였으니까. 나 또한 바이올렛에게 500원을 건네고 커피를 얻어 먹은 아이들 중 하나였다.

"여기, 500원."

"응, 케빈! 너는 무슨 맛 먹을래?"

"나는……. 봐도 잘 몰라. 그냥 이거 갈색 먹어볼래."

"오, 좋은 선택이야! 이건 과테말라 산 원두로 만든 캡슐인데 말이지……."

그러면서 바이올렛은 흥미진진하게 커피에 대해서 이야기해 주었다. 그때껏 만났던 내 나이 또래 중에서, 그토록 한 분야에 정통한 고등학생은 처음이었다.

"되게 향긋하다……. 그런데 너는 어떻게 그렇게 커피를 잘 알아?"

"나? 맨날 마시니까 그렇지! 후후."

"나도 맨날 마시기는 하는데……."

물론 스스로도, 매점에서 파는 캔커피와 이렇게 설탕 한 톨 넣지 않은 향기로운 커피가 어딘가 다르다는 점은 알고 있었기에 말을 흐릴 수밖에 없었다.

"아침에 에스프레소 한 잔 마시구, 학교 와서 아메리카노 한 잔, 점심에 리스트레토로 한 잔, 저녁에 급식 먹고 또 한 잔, 야자하다가 졸리면 한 잔 마시거든. 근데 이건 기본이구, 생각 날 때 틈틈이 더 마시기두 해."

"커피 너무 많이 마시는 거 아니야? 카페인 많이 먹으면 잠 안 온다던데."

"괜찮아. 왜냐하면 나는 말이지,"

바이올렛이 순간 주위를 두리번거렸다. 그리고는 내 귀에 대고 속삭였다.

"난 요정이거든."

뜻밖의 말을 들어서였을까? 아니면 여자애가 이렇듯 가까이에서 무언가를 속삭인 것은 처음이어서? 그것도 아니면 바이올렛의 연보라색 머리카락이 너무도 부드럽게 살랑였기 때문에?

나는 굳이 거울을 보지 않더라도 내 귀가 화끈거리는 것을 느낄 수 있었다. 낯설지만 싫지는 않은 감정. 싫다기보다는 오히려 좀 더 머물렀으면 하는 아쉬움을 남기는 생소한 감각이었다.

"혹시 커피가 더 궁금하다면 주말에 여기로 놀러 와. 재밌는 걸 보여줄게."

얼떨결에 바이올렛이 내민 명함을 받아들었다.

　- 바이올렛의 커피하우스

명함 아래쪽에는 주소가 적혀 있었다.

"주말이면, 잠깐만. 오늘 금요일이잖아?"

"응. 내일이든, 모레든, 아무 때나 와도 돼."

"그러면……. 너 학원 가는 시간 알려줘. 너 시간 될 때 가야지."

"나 학원 안 가는데?"

뜻밖이었다. 모의고사든 내신이든, 무슨 시험에서건 과목을 불문하고 100점을 찍던 바이올렛이었기에 당연히 학원 한두 개 정도는 다닐 줄 알았다. 요정이라는 게 진짜였던 걸까?

"학원을 하나도 안 다닌다구? 너 머리 되게 좋구나."

"음, 학생 하면서 커피 마시려면 시험 성적이 좋은 게 여러모로 편리하니까."

또다시 해맑은 웃음. 교실 창문으로 들어오는 하얀 햇살이 바이올렛을 비추고, 햇살과 바이올렛이 잘 어울린다는 생각이 머릿속을 제멋대로 파고들었다.

그때, 수업 시작을 알리는 종이 울렸다.

"생각 있으면 주말에 와~"

그렇게 나는 토요일 아침에 지하철을 탔다.

왼손에는 빵이 한 봉지 가득 들려 있었다. 명함에 '커피하우스'라고 적혀 있었으니 커피를 얻어먹을 게 분명했으므로, 이쪽에서도 뭔가 먹을거리를 준비해 가야 할 것 같았다.

다행히 집 앞에 유명한 베이커리가 있었다. 아침 오픈 시각에 맞춰 베이커리를 들르고, 커피와 어울릴 만한 빵으로 몇 개 골라 담았다.

물론 바이올렛의 커피하우스에서도 '한 잔에 500원'을 내야 할지는 모르는 일이었지만.

빵 봉지를 들지 않은 다른 한 손으로 지하철 손잡이를 잡았다. 그런데 그 순간, 어딘가 이상함을 직감했다.

"아 정말, 거 살살 좀 잡읍시다."

"으헉!"

도대체 어디서 들린 소리지? 나는 소스라치게 놀라서 놓아버린 손잡이를 올려다봤다. 눈도, 코도, 입도 달려 있지 않은 평범한 플라스틱 손잡이였다. 딴 생각을 하다가 잠깐 꿈이라도 꾼 걸까? 아무튼 괜히 찜찜하게 느껴졌다.

그러나 비어 있는 의자도 없고, 빈 손잡이도 없었다. 주말 아침에 다들 어디를 가려고 나온 건지 의문이었다. 하는 수 없이 다시금 손잡이를 살며시 잡았다.

"그래, 이 정도면 괜찮네."

'……?!'

"그나저나 아까 그 보라색 머리 처자는 잘 내렸는지 몰라? 넘어질 때 머리로 떨어지던데…….."

'보라색 머리라면……. 바이올렛?'

나는 주위를 슥 둘러보고, 남들이 알아채지 않기를 바라며 그 '찜찜한 손잡이'에게 나지막하게 말을 걸었다.

"저기……."

"어라? 너, 내 말이 들리는 거야?"

"으응, 보라색 머리가 혹시 어디서 내렸는지 알아?"

"보라색 머리라면 아까 성수역에서 내리던데? 근데 이 칸은 아니고, 반대편 열차였어. 이쪽이랑 저쪽이랑 열차가 둘 다 정차해 있으면, 나는 창문 너머가 보이거든. 손잡이는 머리 위에 달려 있으니까 말이야."

성수역이라면 내가 탄 역이었다.

대한민국에 '보라색 머리'가 한 둘이 아닐 테지만, 나는 왠지 그게 바이올렛일 것 같아서 마음이 다급해졌다. 다음 역에 내리자마자 반대편 열차를 잡아타고 다시 한 역을 거슬러 올라갔다.

아니나 다를까, 플랫폼 한 켠의 벤치에 바이올렛이 앉아 있었다. 지상철의 플랫폼 창문으로 들어오는 햇살을 받고 있었다. 옅은 아침 햇살에 연보라색 머리가 밝게 비추는 모습이 마치 영화의 한 장면 같았다.

"바이올렛!"

"어? 케빈?"

나는 바이올렛에게 다가갔다.

"머리는 괜찮아?"

"어? 으응……. 그런데 나 머리 다친 거 어떻게 알았어?"

"그게, 어……."

'지하철 손잡이가 알려줬다', 그렇게는 왠지 말하고 싶지가 않았다. 덕분에 길어지는 부연설명.

"나는 키가 크니까, 열차가 이쪽 저쪽이 다 정차해 있으면 창문 너머가 보이거든? 그래서 봤지. 반대편 열차에 보라색 머리카락이 보이더라구. 아무튼 머리부터 떨어지길래……."

"아, 건너편 열차 탔었구나? 크게 다친 건 아니구, 너 올 거 같아서 여기 빵 좀 사러 왔는데. 역시 잠이 부족해서 그런지 잠깐 비틀

거려서."

그 말에 나는 또다시 귓볼이 화끈거리는 것을 느꼈다. '너 올 거 같아서'라는 지극히 평범하고 예상 가능한 말이었는데.

나는 재빨리 뭐라도 화제를 전환해야만 했다.

"어제 몇 시에 잤는데?"

"세 시 반? 아닌가, 어제는 다섯 시였나?"

"……맨날 그렇게 늦게 자?"

"응."

"뭐 하다가?"

"글쎄, 딱히 뭘 하는 건 아닌데. 카페인 많이 먹어서 잠이 안 오나봐."

"그러다가 병 나면 어떡해."

"상관없어. 어차피 즐기려고 온 인간의 삶이니까."

그런 말을 서슴없이 내뱉으며 밝게 웃는 바이올렛이었다.

"너 굉장히 스스로를 일회용품처럼 생각하는구나?"

"일회용품, 정확한 표현이다아. 한 번 살고 가는 인생이니까."

"그래도 당분간은 디카페인으로 먹는 건 어때?"

"디카페인? 흐응, 이미 원두랑 캡슐이랑 너무 많이 사 놔서."

"아니면 아메리카노를 엄청 묽게 타먹어 봐. 얼음 열 개씩 넣어서. 에스프레소로 하루에 몇 번씩 먹다가는 또 불면증 때문에 기절할지도 모르잖아. 그러면 다시는 커피를 못 마실지도 모르구. 너 커피 좋아하니까 오래오래 먹어야지."

"오래오래?"

"어, 오래오래."

난데없이 바이올렛이 피식 웃었다. 그리고는 비스듬하게 나를 올려다보며 한마디를 던졌다.

"오래오래, 누구랑?"

그 한마디에 나는 확신했다.

요정이라고. 그녀는 요정이 분명하다고. 보라색 머리를 한, 무해한 요정.

이상하고 아름다운 호랑이 나라

옛날 옛적에, 깊은 바닷속에 인어 공주가 살고 있었어요. 인어 공주는 아름답고 목소리도 고운 데다 총명했답니다. 그런 인어 공주를 인어 나라의 왕은 무척 아꼈어요.

하지만 인어 공주는 호기심도 많아서 사고를 치기 일쑤였어요.

"큰 돌이 놓여 있구나! 이걸 들어 올리면 어떻게 될까?"

그렇게 말하며 지렛대를 가져와서는 큰 돌을 들어 엎은 나머지, 그 아래 살고 있던 바닷가재들이 놀라서 달아나는 일도 있었답니다.

"신비로운 빛을 내는 생물이구나! 저들을 만지면 얼마나 부드러울까?"

그렇게 말하며 겁도 없이 해파리를 건드려서는 촉수의 독에 쏘이는 일도 있었고요.

"지느러미도 없는데 쏜살같이 헤엄치는구나! 내가 따라잡을 수 있을까?"

그렇게 말하며 죄 없는 오징어를 쫓는 바람에, 깜짝 놀란 오징어가 내뿜는 먹물을 뒤집어쓰는 날도 있었더랬죠.

인어 공주가 매일같이 사고를 치는 탓에, 인어 나라의 왕은 근심이 가득했답니다.

"그 작은 몸으로 큰 바위를 들어 올려 가재를 놀라게 하고, 해파리의 독에 쏘여 약초를 급히 구하게 하더니, 이제는 온몸에 까만 오징어 먹물로 줄무늬를 그렸구나!"

참다못한 인어 나라의 왕은 인어 공주를 외딴 산호섬으로 보냈어요. 바다 아래 잠긴 산호섬에는 오두막집이 하나 있었는데, 너무도 외딴곳이라 다른 물고기들은 얼씬도 하지 않았거든요.

"사흘간 산호섬에서 생활하며 스스로 반성하도록 해라. 몸에 묻은 오징어 먹물은 그 후에 지워줄 테니."

인어 나라의 왕은 그렇게 말하며 인어 공주를 오두막으로 보냈어요. 인어 공주의 곁에는 세 명의 하인만을 남겨둔 채 말이죠.

인어 공주는 처음 오두막집에 들어서자 이것저것 구경하느라 신이 났지만, 금세 구경거리가 떨어져서 풀이 죽었답니다.

"아아, 이곳은 너무 따분해! 어떻게 여기서 사흘을 보낸담?"

그리고는 곰곰이 생각하더니 꾀를 떠올렸답니다.

첫날 저녁에 인어 공주는 상어 하인을 불러서 이야기했어요.

"상어야, 상어야. 너는 천 리 밖의 냄새도 맡을 수 있으니, 나를 도와줄 수 있겠지?"

"후각으로 따지자면 저만큼 뛰어난 자가 없을 거예요. 무슨 도움이 필요하신가요, 공주님?"

그러자 인어 공주가 말했어요.

"외딴 산호섬의 오두막집에 있으려니 너무도 지루하구나. 나는 알지 못하는 먼 곳에서 신기한 일이 있다면 알려주겠니?"

"그야 식은 죽 먹기죠! 마침 저 멀리서 나무 냄새가 나는군요. 아주 큰 배의 냄새랍니다."

"배라니? 배가 무엇인데?"

"뭍에 사는 '인간'이 물 위를 지나기 위해 만든 탈 것이랍니다. 그들은 우리처럼 지느러미가 없으니 헤엄을 치지 못하고, 아가미가 없으니 물속에서 숨을 쉬지 못하거든요."

"그것참 신기하구나."

그날 밤, 인어 공주는 꿈에서 아주 큰 배를 보았답니다.

다음 날이 되자, 인어 공주는 그 배라는 것이 어떻게 생겼는지 직접 보고 싶어서 너무 궁금했어요. 하지만 호기심 때문에 외딴 산호섬에 갇힌 신세였으니, 경계 밖으로 헤엄쳐 갈 수 없어서 몸이 근질거렸답니다.

둘째 날 저녁, 인어 공주는 돌고래 하인을 불러서 이야기했어요.

"돌고래야, 돌고래야. 너는 멋지게 해수면 위로 껑충 뛰어오를 수 있으니, 나를 도와줄 수 있겠지?"

"뜀박질로 치자면 저만큼 멋지게 날아오르는 자가 없을 거예요. 무슨 도움이 필요하신가요, 공주님?"

인어 공주는 파이를 한 입 베어 물고 태연하게 이야기했어요.

"네가 그리도 뜀박질을 잘한다는데, 한 번도 본 적이 없구나. 나를 위해 한 번만 껑충 뛰어오를 수 있겠니?"

"그거야 어렵지 않죠! 자, 두 눈 크게 뜨고 보세요!"

칭찬에 신이 난 돌고래는 그 길로 산호섬 위의 해수면을 박차고 뛰어올랐답니다.

"아주 멋지구나! 높이 뛰어올랐으니, 물 밖 세상도 보았겠지?"

"당연하고 말고요. 아주 높이 뛰어올랐으니까요!"

"그렇다면, 커다란 배도 보았니?"

"그럼요! 바로 이쪽을 향하던걸요. 내일쯤이면 산호섬 바로 위를 지날지도 모르겠더라니까요."

그 말에 인어 공주는 내심 너무도 기뻤지만, 겉으로 드러나지 않도록 조심조심 애를 썼답니다.

셋째 날 저녁이 되자, 인어 공주는 거북이 하인을 불러서 이야기했어요.

"거북아, 거북아. 너는 강철처럼 단단한 등껍질을 가졌으니 나를 도와줄 수 있겠지?"

"단단함으로 따지자면 저만한 등껍질을 가진 거북은 없을 거예요. 무슨 도움이 필요하신가요, 공주님?"

그러자 인어 공주는 기다렸다는 듯이 이야기했어요.

"저 물 위는 어떻게 생겼을지 너무도 궁금한데, 다들 물 밖 세상은 두려워서 보여주질 않는구나. 너의 단단한 등껍질로 나를 물 위로 올려줄 수 있겠니? 산호섬 바로 위만 잠깐 구경한다면, 경계를 넘는 일도 없을 테야."

"그 정도야 어렵지 않죠!"

칭찬에 우쭐해진 거북은, 말이 끝나기가 무섭게 인어 공주를 업고서 물 위로 올라갔답니다.

"와, 바깥세상은 정말 신기하구나!"

인어 공주는 처음 보는 바깥세상의 신비로운 모습에 넋을 놓고 구경했어요. 더 이상 머리 위로 물이 없었고, 대신에 밝은 달과 수많은 별이 밤하늘을 가득 채우고 있었답니다.

하지만 무엇보다도 인어 공주의 눈길을 끈 것은 가까이 있는 거대한 배 한 척이었어요. 배 위에서는 흥겨운 노랫소리가 들려왔고, 반짝이는 전구가 빛을 발하고 있었거든요.

인어 공주는 홀린 듯이 배로 다가가, 밧줄 하나를 잡고 기어올랐습니다. 그 모습을 본 하인들이 깜짝 놀라며 인어 공주를 말리러 달려왔어요.

"아이고 공주님, 안 됩니다! 경계를 벗어나시면 큰일나요!"

"걱정하지 마, 배는 산호섬 위에 멈춰 있으니까."

하인들의 걱정에도 아랑곳하지 않고, 인어 공주는 배의 가장 낮은 창문으로 쏙 들어갔어요. 상어와 돌고래, 거북 하인은 손이 없었던 탓에, 인어 공주를 잡아끌지 못하고 애만 태웠답니다.

배 안으로 들어온 인어 공주는 주위를 둘러봤어요. 그런데 그 큰 방에, 처음 보는 커다란 짐승 한 마리가 철창에 갇혀 흐느껴 울고 있었어요.

"흑흑, 이대로 나는 죽고 말겠구나."

자세히 살펴보니 과연 상어의 말대로 지느러미도 없고, 아가미도 없었습니다. 그래서 인어 공주는 살며시 다가가 물어보았어요.

"혹시 그대가 말로만 듣던 '인간'인가요?"

"인간이라니, 당치도 않습니다! 저는 산속의 왕 호랑이인데, 인간의 꼬임에 빠져서 덫에 걸려들고 말았지요. 커다란 이 몸집만 믿고 나무꾼을 뒤쫓았다가 그만 속고 말았답니다! 흑흑, 그때 일만 아니었으면 아직도 산을 호령하고 있었을 텐데."

인어 공주는 호랑이가 딱한 나머지 이렇게 물었어요.

"저와 함께 바닷속 궁전으로 가지 않겠어요? 맛있는 음식과 듣기 좋은 음악을 온종일 베풀어 드리겠어요."

"흑흑, 고맙지만 사양하겠어요. 저와 같은 산짐승의 몸은 털로 뒤덮여 있어서, 금방 물에 흠뻑 젖어 빠져 죽고 말 거예요."

그 말을 듣고 보니, 과연 호랑이의 꼬리는 인어 공주와는 달리 보송보송한 털로 덮여 있었어요.

"그렇다면 제 하인들을 불러서 형형색색의 연회를 베풀어 드릴까요? 다들 아름다운 빛깔을 가졌으니 눈이 즐거울 거예요."

"흑흑, 그 또한 마음만 받겠어요. 산속에서 살 적에 이미 아름다운 새와 나비는 많이 만났으니까요. 아, 지금도 눈앞에 선하네요."

인어 공주는 마지막으로 이렇게 물었답니다.

"저쪽의 열쇠라면 이 우리에서 풀어드릴 수 있을 것 같은데. 도와드릴까요?"

"흑흑, 그래도 소용없어요. 이미 배를 타버려서 고향으로 가는 길을 알지 못한답니다."

그제야 인어 공주는 호랑이를 위해 해줄 수 있는 일이 아무것도 없다는 것을 깨달았어요.

"결국 제가 도와드릴 수 있는 게 없네요. 미안해요."

"흑흑, 아닙니다. 그래도 검은 줄무늬가 있는 당신과 이렇게 이야기를 나누니, 산속에 두고 온 가족들을 잠시 떠올릴 수 있었어요."

그 말에 인어 공주는 자기 몸에 묻은 검은 얼룩을 내려다봤어요. 하지만 그것이 오징어 먹물로 생긴 얼룩이라는 이야기는 차마 부끄러워서 하지 못했답니다. 대신에 한동안 호랑이의 말동무가 되어주고는, 작별 인사를 하고 다시 바닷속으로 풍덩 빠졌습니다.

발을 동동 구르고 있던 세 하인은 인어 공주가 돌아온 모습을 보자 크게 안심했어요.

"아이고, 공주님! 돌아오시지 않으면 어쩌나 하고 걱정했습니다! 대체 배 위에서 무엇을 보고 오신 건가요?"

"으음, 호랑이를 만났어. 산속의 동물들은 비늘 대신 북슬북슬한 털을 가졌는데, 바닷속 물고기들만큼 형형색색의 빛깔을 자랑한다더라고. 아주 이상하고 아름다운 나라에서 온 모양이야."

그렇게 말하며 인어 공주는 자기 호기심 때문에 하인들이 애태웠겠다고 생각하니 미안한 마음이 들었어요.

그날 이후로 인어 공주는 두 번 다시 사고를 치며 주위 사람들의 속을 썩이지 않았답니다.

소금이지만 설렁탕은 사양합니다

나는 무조건. 도가니탕이다.

설렁탕에게는 미안한 일이다. 설렁탕에 풍덩 빠지는 일반적인 이 집 소금들의 운명에도 조금 미안한 일이다. 하지만 그렇다고 해서 그게 내가 평범에 그치는 삶을 추구해야 하는 이유가 될 수는 없다. 내 목표는 무조건, 도가니탕이다.

이곳은 서울 시내에서 아주 유명한 설렁탕집이다. 가만히 식당 한구석에 앉아서 차례를 기다리는 나도 이 사실만큼은 잘 알고 있다. 손님들이 오가며 하는 이야기만 자세히 귀 기울여 들어봐도 알 수 있기 때문이다.

"어후, 여기는 진짜 십 년 전이나 지금이나 맛이 변함이 없네!"

"국물이 끝내 준다, 끝내 줘."

"내가 봤을 때는 여기가 이 동네 원조야. 무슨 개나 소나 간판에 '원조' 어쩌고 하는데, 가서 한번 먹어 봐라? 이 집만 한 국물이 없어."

오래된 전통과는 사뭇 다르게, 이 집은 노포 스타일 대신에 현대적인 감각으로 운영되고 있다. 인테리어도 최신식이고, 화장실도 새로 단장해서 깔끔하다. 이런 세세한 부분까지 이 설렁탕집은 나의 고급스러운 취향과 결이 맞는다. 매우 다행스러운 일이 아닐 수 없다. 마음의 결이 맞는 조직에 몸을 담고 하루하루를 살아간다는 일은 결코 쉬이 접할 수 있는 행운이 아니다.

소금과 후추도, 멍청할 만큼 커다란 통에 담겨서 이 손님, 저 손님이 비위생적으로 퍼 담는 방식이 아니다. 대신에 김 봉지를 까면 들어 있는 방부제처럼 개별 포장된 소금과 후추가 손님들에게 제공된다. 뜨끈한 설렁탕 한 그릇과 반들반들 윤이 나는 흰쌀밥보다, 손님들이 더 자주 감탄하는 부분은 바로 이런 세심함이다.

"와, 여기는 소금이랑 후추도 개인별로 주네?"

그리고 그 소금들 중 하나가 바로 이 몸이다.

겉으로 봐서는 여타의 소금들과 다른 점을 찾기 어렵다. 하지만 나는 생각 없는 소금이 아니다. 그저 멍하니 기다리면서 종업원이 손을 뻗으면 맥없이 딸려 가는, 그런 소금이 아니란 말이다.

나는 목표가 있다. 이 집에서 가장 비싼 메뉴는 도가니탕. 그 도가니탕의 간을 맞추는 데에 기여하는 것이 바로 나의 최종적인 목표다.

물론 무슨 국에 들어가든 소금으로서의 삶은 다 소중하다고 이야기하는 자도 있을 것이다. 하지만 그건 정말 아무것도 모르고 내뱉는 말이다.

메뉴판을 보고 생각이라는 것을 조금이라도 했다면 할 수 없는 말이다. 설렁탕은 보통 사이즈가 8,000원, 대자는 한 그릇에 10,000원이다. 그 위가 내장 곰탕, 한 그릇에 14,000원. 한때는 나도 소심하게 '내장 곰탕 정도를 노려도 충분하지 않을까,'라고 생각하던 적이 있었지만……. 후후, 어림도 없다. 자고로 꿈은 크게 가져야 하는 법.

나의 목표는 무조건 도가니탕이다. 가장 아래에 자리한, 한 그릇에 20,000원인 특별 메뉴!

생각해 보자. 소금 봉지가 뜯기는 순간, 그 소금의 운명이 결정된다. 8천 원 하는 국그릇에 부질없이 던져질 것인가, 아니면 그 두 배 이상 값어치를 하는 음식과 함께할 것인가? 올바른 철학과 가치관을 가진 소금이라면, 두말할 것 없이 후자를 선택해야 합리적일 것이다.

메뉴판 위의 가격이 이를 뒷받침해주고 있다. 모든 국의 가치가 동등하지 않은 것처럼, 누군가는 2만 원어치의 성취를 이룰 때, 다른 누군가는 평범하게 그 절반의 성취로 머물러 버리는 것이다. 그런데 모든 소금의 삶이 동등하게 소중하다고? 현실은 동화가 아니다.

물론 쉬운 목표라고는 할 수 없다. 이 집의 주문 빈도를 분석한 결과, 평균적으로 100그릇 중 80그릇 정도는 설렁탕이 차지하고 있다. 그에 비해 도가니탕은 하루에 다섯 그릇 내지 열 그릇 정도가 팔린다.

따라서 온종일 정신을 바짝 차리고, 그 찰나의 순간을 노려야 한다. 도가니탕이 팔려나가는 그 순간이 바로 -

"배~달의 가족, 주문!"

잠깐. 지금 저 벨 소리는? 주문이 들어온 것 같다!

"배~달의 가족, 주문!"

귀를 쫑긋 세운다. 정신없이 홀을 서빙하던 종업원 중 한 명이 주문내용을 확인한다.

"……도가니탕 두 그릇, 포장이요~"

기회다!

몸을 비틀어서 다른 소금 봉지들을 은근슬쩍 밀쳐내며 앞으로 나아간다. 이 작업은 남들에게 들키지 않을 정도로 조심스럽게 행해야 한다. 그렇지 않으면 소금들에게 미움을 받는 것은 물론이고, 소금 봉지가 구겨져서 종업원에게 B급 상품으로 취급되어 버릴 수도 있다. 자자, 얼굴에는 미소를 장착하고, 어깨는 쫙 펴서, 살금살금 전진!

커다란 비닐봉지에 음식을 담은 포장 용기가 하나둘 담긴다. 뜨끈한 도가니탕이 두 그릇, 깍두기와 배추김치를 담은 반찬통도 하나씩. 그리고 드디어, 종업원이 나를 집어 들었다!

도가니탕과 함께 배달되어 가는 이 기분! 여태껏 수없이 그려 온 순간이지만, 상상했던 것보다도 훨씬 짜릿하다.

게다가 설렁탕과 도가니탕이 섞여서 주문된 것도 아니고, 도가니탕만 두 그릇이다. 이대로라면 나와 함께 포장된 저 다른 소금이 대신 도가니탕의 영광을 꿰찰 걱정도 없다. 그저 사이좋게 나란히 승리의 축배를 들면 된다.

"어이, 거기. 축하해."

"응? 뭘?"

"도가니탕에 배정된 것 말이야. 흔치 않은 기회잖아?"

"아? 그런가. 난 그냥 설렁탕도 좋긴 해서."

"뭐? 설렁탕으로 만족하는 거야?"

"아니, 도가니탕이 싫은 건 아니구. 어쨌든 설렁탕 맛집이잖아. 글구 다른 소금들도 설렁탕 많이 가니까."

저런 맹한 녀석이 나랑 똑같이 도가니탕에 들어간다니! 이건 뭔가 좀 부당하다.

하지만 도가니탕의 온기에 등이 뜨끈해지면서, 찝찝한 기분은 금세 날아갔다. 하기야 이 세상은 원체 부조리로 가득 차 있으니까. 운 좋게 한두 놈쯤 잘 되는 것도 썩 나쁠 건 없지.

오토바이가 어느 집 앞에 멈추어 선다.

"띵-동"

잠시 후, 누군가의 목소리가 들려온다.

"어, 놓고 가셨다."

바스락 소리를 내며 반짝 들리는 비닐봉지. 이내 단단한 식탁 위에 조명을 받으며 멋지게 등장하는, 두 그릇의 도가니탕과 나. 참, 그 맹한 소금 녀석도 함께.

"어? 소금이 따로 포장돼 있네?"

처음 보는 여자가 나를 집어 든다. 이 사람이 오늘 도가니탕을 먹을 손님이구나.

"띵-동"

아까 전의 익숙한 벨 소리가 다시 들리자, 여자가 "어, 나갈게!"라며 현관으로 뛰어간다. 손에는 나를 든 채로. 그래, 뭘 좀 아는 사람인 게 분명하다. 나를 손에 한 번 쥐었다면 놓칠 수 없을 테지.

"이제 왔어? 밥은?"

현관문을 열자, 위아래로 검정 양복을 입은 남자가 서 있다.

"어, 그냥 안 먹고 왔어. 장례식장에서 주긴 줬는데, 요새 코로나 너무 심해가지구."

"잘 됐다! 나 야근한다고 하니까, 엄마가 도가니탕 두 그릇 보내주셨거든. 우리 둘 다 몸보신 좀 하라고. 방금 와서 따끈따끈하거든?"

"그래? 그러면 같이 도가니탕 먹자."

남자가 현관으로 들어서려는데, 여자가 급히 가로막는다.

"아니, 근데 장례식장 다녀왔으면 소금 먼저 뿌려야 해."

……순간 머리가 멍해진다. 뭘 뿌린다고?

"소금을 왜 뿌려?"

"이거 뿌려야 장례식장에서 붙은 귀신이 떨어진대. 양기가 음기를 몰아내는 거야. 소금이 햇빛을 쫙 빨아들여서 양기가 많으니까."

대체 누가 그런 몰상식한……! 게다가 난 천일염도 아닌데!

"가만있어 봐. 이거 어차피 공짜로 받았으니까, 이걸로 뿌리면 되겠다."

여자가 소금 봉투를 북 찢는다. 그리고는 나를 손끝으로 한 꼬집씩 집으며 남자의 등 뒤에 뿌린다.

"그런데 이거, 이렇게 뿌리는 거 맞아?"

"음, 글쎄. 역시 굵은 소금으로 해야 했나?"

남자가 뒤를 흘끗 돌아보며, "뿌리고 있는 건 맞지?" 하고 묻는다.

"너무 알갱이가 작으니까 양복에 그냥 묻어버리는 것 같기도 하고……. 아니, 근데 이거 좀 눅눅한 것 같은데?"

"소금이 왜 눅눅해? 손에 땀 나서 녹았나?"

"아니, 나 땀 안 나는데. 이상하다."

땀이 아니야, 이 멍청이들아! 그딴 게 아니라고.

식탁에 지금 도가니탕이 있는데. 두 그릇이나 있는데! 오늘은 정말 완벽한 하루였는데, 엉엉…….

채식공주

"8번 방의 공주 빼고는 다 돌려보내."

"예?"

집사는 드래곤의 이야기에 힘이 탁 풀렸다.

"이게 그나마 마지막으로 기대고 있던 외교 정책이었는데. 이마 저 다 수포로 돌려보내라는 말씀이시지요, 드래곤님?"

"어."

"어휴……. 제발 철 좀 드세요, 드래곤님. 이 늙은 집사의 부탁입 니다."

그러거나 말거나, 드래곤은 심드렁하게 딴청을 피웠다.

집사가 물러나자, 방에는 드래곤 혼자 남았다. 검은 머리카락에 붉은 눈을 한 인간의 형상. 그러나 전투 태세에 돌입하면 검은 비늘에 붉은 화염을 토해내는 드래곤으로 변하는 그였다.

드래곤은 창가로 가서 정원을 내려다보았다. 오후의 햇살이 내리쬐는 정원에는 티 테이블이 준비되어 있었다. 그곳에 그녀가 있었다. 8번 방의 공주, 루시아.

루시아는 풍성한 금발을 늘어뜨리며 우아하게 홍차를 즐기고 있었다. 테이블에는 케이크를 비롯한 간단한 다과가 차려져 있었다. 자세히 살펴보니 그녀의 맞은편에 빈 찻잔이 놓여 있다.

루시아가 이쪽을 올려다본다. 눈이 마주쳤다. 그녀가 생긋 웃으며 손을 흔든다. 그리고는 손으로 자신의 맞은편을 가리키며 입을 벙긋거린다.

'같-이, 마-시-자.'

피식, 웃음이 난다. 드래곤은 엄지와 검지로 동그라미를 그려 보이고는, 이내 겉옷을 걸치고 정원으로 내려갔다.

"왜, 무슨 일 있어?"

"아냐, 무슨 일 있기는."

"또 집사 아저씨 괴롭혔지?"

"누가 누굴 괴롭힌다고 그래? 집사가 나를 괴롭혔으면 모를까."

"흐응, 또 그런 말."

루시아가 작은 입을 오물거리며 말했다. 폭신한 시트에 올린 신선한 생크림과 딸기. 그녀가 제일 좋아하는 딸기 쇼트케이크다. 포크로 한 번 푹 떠내어 입으로 가져가며 말을 잇는다.

"누굴 속이려고 해? 딱 봐도 알겠구만. 가끔이라도 집사 아저씨 말 좀 들어."

"그래? 그러면 다른 공주들 다시 들어오라고 해야 할까나."

"뭐?"

깜짝 놀라며 눈을 동그랗게 뜨는 루시아. 그녀를 조금 더 놀려 먹고 싶은 마음에 웃음이 나오려고 하는 것을 꾹 참는다.

"탑에 있던 나머지 일곱 공주는 자기 나라로 돌려보내라고 했어. 괜히 신경 쓰여서 말이지."

"너, 진심이야……?"

"응."

"그러면 나는? 나도…… 돌아가?"

루시아가 사뭇 진지한 표정이 되어 묻는다. 드래곤은 그런 그녀의 눈을 한참 바라본다. 투명하고 맑은 빛을 띠는 푸른 눈. 그녀의 입가에 묻은 생크림을 엄지손가락으로 닦아주며 대답한다.

"아니."

알 수 없는 표정이 되는 루시아. 그녀는 기쁠까? 아니면 죄책감을 느끼는 중일까?

"그렇……구나."

분명 복잡한 심경이겠지. 그런 루시아를 보다가, 드래곤은 순간 자기 자신에게 질문을 던진다. 나는 그녀가 무슨 표정을 짓길 바랐을까?

"걱정하지 마. 에스페란토 백작이 알아서 처리할 테니까."

"풉, 또 에스페란토 백작이야?"

난데없이 터져 나온 루시아의 웃음. 덕분에 어깨가 조금은 가벼워졌다.

"왜 웃어?"

"넌 에스페란토 백작을 너무 믿는 경향이 있어. 백작님 살기 힘들겠다."

"드래곤으로도 사는데, 뭘."

"그런가? 하긴, 인간 백작으로 사는 게 어떻게 보면 더 편하겠네."

"아무튼, 오늘의 용사들 리스트야."

드래곤은 재킷 주머니에서 카드 세 장을 꺼내며 테이블에 차례로 펼쳤다. 카드 각각에는 남성의 초상화와 이름, 출신 가문과 그 밖의 설명이 적혀 있었다.

"흐응, 첫 번째는 '제임스'라는 사람이구나."

"어때?"

"머리 스타일이 마음에 안 들어."

"가혹하네."

"어머? 이거 인생 일대의 중대사라구. 내 마음에 안 들면 끝이지. 패스할래."

첫 번째 카드를 뒤집고, 두 번째 카드로 시선을 옮기는 루시아.

"이름이, '피터'? 왠지 용사를 할 외모가 아닌 것 같은데."

"어딜 봐서?"

"아니, 드래곤을 무찌르러 오는 거잖아. 그런데 이렇게 흐물흐물

한 체격으로 되겠어?"

"다 아나 보지. 이렇게 티 테이블에서 드래곤이랑 공주가 짜고 치는 중이란 사실을."

"그러면 더 안 되는 거 아니야?"

"본인의 운을 시험해 본 게 아닐까? 공주님이 흑발을 좋아한다는 사실을 어디서 몰래 들었다거나."

"뭐어?"

루시아가 빨개진 얼굴을 푹 숙이고는 황급히 두 번째 카드를 뒤집는다.

"아, 아무튼. 기본이 안 된 사람이야. 나는 낭만적인 게 좋아. 역시 패스할래."

그렇게 마지막 카드만이 남았다.

"세 번째는, 동쪽 나라에서 온 '안토니오'……. 아, 잠깐. 이 나라는 목축업으로 유명하잖아? 게다가 외모를 보니 분명 스테이크를 좋아할 것 같아. 이번에도 패스할래."

"취향은 존중해 줘야지. 너무하시네요, 공주님."

"친구로만 지내면 모를까, 결혼은 존중한다고 만사 오케이가 아니거든요? 본인 일 아니라고 너무하시네요, 드래곤님."

사뭇 새침한 표정을 지으며 루시아는 세 장의 카드를 차곡차곡 담아서 드래곤에게 건넸다.

"자, 여기."

드래곤은 "오늘의 불쌍한 세 용사님이네,"라고 받아치고는, 카드를 받아 재킷 주머니에 넣으며 자리에서 일어났다.

"내가 더 불쌍하거든? 오늘도 세 카드 모두 아버지의 인장이 없었기에 망정이지. 볼 때마다 얼마나 조마조마하는데."

"있으면?"

"뭐가."

"인장이 있으면, 순순히 따를 거야?"

"무슨……"

이어지는 정적. 지저귀는 새 소리만이 정원을 맴돈다.

기원을 알 수 없는, 인간과 드래곤 사이의 암묵적인 계약이었다. 각 나라의 왕들은 본인의 필요에 따라 이 오래된 계약을 찾았다. 자신의 딸 중 한 명을 드래곤의 탑으로 보내고, 세상에는 '드래곤이 아름다운 공주를 납치했다'고 알린다. 공주를 구하는 용사에게는 부귀영화는 물론이고 공주와의 혼인을 약속한다는 뻔한 공표와 함께.

인간과 드래곤 사이의 이 은밀한 계약을 중개하는 자가 바로 에스페란토 백작이었다. 백작가의 사람은 인간의 언어와 드래곤의 언어를 모두 구사할 수 있으며, 드래곤을 능숙하게 다룰 줄 안다고 알려져 있었다. 에스페란토 백작가의 가주는 대대로 계약을 중개하고 비밀을 유지하는 대가로 영지와 작위를 보장 받았으며, 가문은 이를 기반으로 광산과 상단을 확보함으로써 부를 축적했다. 그렇기에 이미 드래곤의 탑으로 보낸 공주를 본국으로 송환한다는 결정은, 재정적인 손실을 감수하고서라도 모종의 이유로 상대 국가와의 거래를 당분간 끊겠다는 의사 표시나 다름없었다.

백작의 역할은 크게 세 가지였다. 공주를 드래곤의 탑으로 인도하는 역할, 구출된 공주를 본국으로 안전하게 이송하는 역할, 마지막으로 '절대 죽여서는 안 되는 자'를 드래곤에게 인지시키는 역할.

만약 사망해서 돌아오는 경우 정치적인 분쟁이 우려되거나 혹은 공주와의 결혼이 성사됨으로써 외교적으로 큰 이익을 취할 것이 기대된다면, 왕은 용사의 초상화가 그려진 카드에 인장을 찍어서 에스페란토 백작에게 보냈다. 각국의 왕실에서는 백작가에서 이 카드로 무얼 어떻게 하는지는 자세히 알지 못했다. 다만 백작가 사람이 카드를 드래곤에게 보여주며 '이 사람은 죽여서는 안 된다'며 훈련하지 않을까 정도로 상상할 뿐이었다. 어쨌든 인장이 찍힌 용사는 반드시 살아서 돌아왔기 때문이었다.

그 에스페란토 백작이 드래곤 본인이지는 않을까, 그런 상상은 꿈에도 하지 못한 채 말이다.

어색한 침묵을 깨고 드래곤이 입을 열었다.

"가자. 오늘은 라따뚜이 만드는 법 알려준다며."

"……."

"이러다 용사들 오겠어."

"……알았어. 가자."

그렇게 말하며 루시아도 드래곤을 따라 자리를 일어섰다.

성의 부엌으로 자리를 옮긴 루시아와 드래곤. 둘은 익숙하게 앞치마를 두르고, 각자 채소와 조리도구를 꺼내며 요리를 준비했다.

"요즘에는 고기를 넣기도 하는데, 나는 옛날 방식대로 만들 거야."

루시아가 재료들을 가지런하게 늘어놓으며 말했다.

"원래는 진짜 채소만 가지고 만들거든."

"과연 채식공주님 다우시네."

"그러는 넌? 너야말로 채식 드래곤이잖아."

루시아가 피식 웃으며 말을 잇는다.

"아니, 얘기하고 나니까 우습네. 채식 드래곤이라니! 세상 사람들은 알까? 본인을 죽이지 못한 용사는 절대 살려 보내지 않는다는 잔인한 드래곤이, 실은 채식주의자라는 사실을 말야."

"말이 심하네. 잔인하다니? 난 옛날부터, 자기 딸을 드래곤한테 보내는 왕들이야말로 잔인하다고 생각했어. 게다가 말에 한 가지 틀린 부분이 있는데, 살아서 돌아간 용사 중에서도 날 죽였던 용사는 한 명도 없어."

드래곤이 말을 마치며, 바구니에 들어 있는 사과를 꺼내 한 입 베어 물었다. 아삭하는 소리와 함께 달콤하고 시원한 과즙이 배어 나왔다.

"사과 먹을 시간에 가지 좀 씻어줘. 저기서 도마랑 칼 가져올 테니까."

"네네, 공주님. 알겠습니다."

"가지 씻은 다음에는 토마토랑 애호박도 좀."

"예, 분부대로 하겠나이다."

달그락달그락. 부엌에는 조리도구가 부딪치며 나는 소리와 채소를 씻는 물소리가 가득했다.

"그러고 보니, 너는 왜 채식을 하게 된 거야?"

"이제야 그걸 묻는 거야?"

"아니, 생각해 보니까 신기해서. 드래곤이 채식이라니."

루시아의 물음에 "으음,"하며 조금 더 세심하게 채소를 씻는 척하는 드래곤.

"그냥. 날 잡아먹지 않는 생명을 잡아먹는다는 게 싫었어."

"어느 날 갑자기?"

"응. 갑자기. 무슨 계기가 있는 것도 아니었어. 그냥 어느 날 그런 생각이 들더라구. 나를 한 번도 해치려 들지 않은 생명을 죽인다는 게 불편하게 느껴졌어."

"그렇구나."

도마 옆의 바구니에 채소들이 차곡차곡 쌓인다. 방금 씻긴 채소들은 물기를 머금어서 반들반들 싱싱해 보인다. 루시아가 능숙한 손길로 채소를 차례대로 다듬는다.

"어떻게 보면 나랑 비슷하네. 난 그냥, 다 짜증 났거든."

"짜증 나서 채식공주가 되었다고?"

"응. 아버지가 나를 드래곤의 탑에 보낸다는 사실을 우연히 알게 된 이후로, 모든 게 다 짜증 났어. 사람이 사람을 잡아먹는 모습들이 눈에 보이기 시작했거든. 그전까지는 하나도 안 보였는데 말야. 신기하지?"

"사람이 사람을 잡아먹는다, 라."

"아버지가 딸을 드래곤에게 보내는 게, 딸을 잡아먹는 것처럼 느껴졌어. 공주를 구하는 용사에게 딸을 준다고 하는 것도, 그 이야기를 듣고 공주를 구하러 간다는 용사도, 다 드래곤의 탑에 갇힌 사람을 잡아먹으러 가는 것처럼 보였고. 멀쩡한 사람을 놓고, 왜 다들 그리 잡아먹질 못해서 안달인지……. 그런데 저녁 식탁에 올라온 고깃덩이를 보니까, 나한테 그 모습이 겹쳐 보이는 거야. 나도 똑같구나, 나도 굳이 남의 피와 살을 잡아먹어야 직성이 풀리는 인간이었구나, 하면서."

가지와 애호박이 싹둑, 싹둑 소리를 내며, 어느새 깔끔하게 다듬어진다.

"그런데 궁에서는 어쩔 수 없이 고기를 먹고 살아야 하더라구. 왕실 사람들이 식사를 다 같이 해야 하니까 말야. 그래서 식사 시간에 몰래 고깃덩이만 남기면서 소심하게 채식을 시작했어. 한편으로는 왕궁 도서관에서 평민들 요리책을 보기도 하고. 거기에는 고기가 많이 안 들어가거든. 어쩌면 그런 식으로 죄책감을 덜었는지도 모르겠어. 내가 한 건 정확히는 채식이 아니었으니까."

이번에는 토마토. 과즙이 배어 나오며 동글동글한 모양으로 토마토가 썰린다.

토마토를 다듬는 손을 드래곤의 손이 다가와 부드럽게 멈춘다.

"공주님."

"……으응?"

루시아가 당황하며 드래곤의 얼굴을 올려다본다. 그러나 루시아와는 대조적으로 드래곤의 붉은 두 눈동자는 흔들림 없이 상대를 바라보았다.

"우리 둘이서, 이대로 살면 안 될까?"

"갑자기 그게 무슨……."

"이대로, 아무도 해치지 않으면서 살면 좋지 않을까 싶어서."

"……."

잠시 침묵이 이어지고, 루시아가 입을 열었다.

"그렇지만…… 언젠가는 아버지가 인장이 찍힌 카드를 보내고 말 텐데. 그때는 어쩌고."

드래곤은 루시아를 살며시 감싸 안으며 말을 이었다.

"그러면 이번에는, 에스페란토 백작이 공주를 구한 걸로 하자."

"에스페란토 백작이?"

얼굴을 붉힌 채, 애꿎은 토마토만 만지작거리는 루시아.

"그러면……. 그러면 앞으로 누가 에스페란토 백작을 믿겠어? 영지도, 작위도, 모두 박탈당할 거야."

"흐음, 그런가? 그러면…… 백작가의 차기 가주가, 백작이 데려온 공주를 보고 반한 걸로 하자."

"뭐? 그런 말도 안 되는……."

루시아가 말끝을 흐리며 피식 웃는다.

"세상에는 이렇게 얘기하는 거지. 에스페란토 백작가의 젊은 차기 가주가, 백작령을 지나던 아름다운 공주를 보고 첫눈에 반해버 렸다. 백작은 철없는 아들을 심하게 꾸짖고 근신을 명했으나, 공주를 잊지 못한 젊은 청년이 결국 드래곤을 무찔러 버렸다고."

"왕실들이 가만히 있지 않을 텐데. 그들은 사실을 알잖아."

"뭐 어쩌겠어? 먼저 터뜨리는 쪽 이야기를 대다수 사람이 이미 믿어버리게 될 텐데. 계약의 내용만 쏙 빼면, 다들 낭만적인 이야기라고만 생각할걸? 게다가 에스페란토 백작가잖아. 이 정도면 공주님의 까다로운 아버지께서도 꽤 마음에 들어 하시지 않을까 싶은데."

"너, 정말……."

"어때, 나 괜찮아?"

그렇게 말하며 드래곤은 루시아를 품에 꼭 끌어안았다.

둘은 꿈에도 몰랐다. 누군가가 이 모든 것을 문틈 사이로 지켜보고 있었다는 사실을.

그는 두 연인이 잠시 자신들만의 시간을 가질 수 있도록 살며시 문에서 멀어지며 복도를 되돌아갔다.

"우리 드래곤님이 드디어……."

손에 들린 쟁반에는 드래곤에게 전해 주려던 다음 날의 용사 리스트 카드 두 장이 그대로 남아 있었다.

"드디어 철이 드셨구나! 괜히 공주들을 돌려보내신 게 아니었어. 아아, 사랑의 힘이란……."

그렇게 중얼거리며 눈물을 닦는 집사였다.

재미없는 글을 위한

심폐소생술

© 이경란 2022

발행 2022년 12월 16일
지은이 이경란
편집.디자인 이경란
blog.naver.com/emilywebb

발행처 별빛길드
출판등록 2022년 10월 26일 제 2022-000077 호

ISBN 979-11-981260-0-9(03800)